돌아볼 수록 소중한 나날들이여!

장영교 수필집 2

그 나무 아래 잠들어다오

글·그림 | 장영교

초롱

변명

 무식하면 용감하다는 말이 있듯이 스스로 살아온 것을 정리해 볼까 하고 돌아본 것인데 첫 작품으로 작은 수필집『질마재에 부는 바람』을 출간하고 보니 부족하기 이를 데 없었지만 멋모르고 용감했던 것 같다.

 가족의 권유도 있었지만 스스로도 나이 들고 보니 초조해진 것도 사실이다. 사랑하는 혈육들이 자꾸 떠나질 않나 살가웠던 친척뿐 아니라 친구들마저도 건강을 잃고 떠나고 헤어지는 마당에 마음은 무겁고 슬펐다. 내일이 어떻게 될지 그 불확실함은 한없이 불안했고 또 허무한 생각이 들었다. 스스로 우울해지기도 해서 후다닥 저지른 일이다.

 별 특별할 것도 없고 지극히 평범했던 삶이었지만 한 세상 왔다 간다는 흔적이었다. 이 모든 것은 어쩌면 욕심이고 자만일 수밖에 없었다. 그래서 흔히 말하는 bucket list로 생각하고 싶다.

 알고 보면 작은 추억도 시리도록 소중했고 먼저 간 그리운 얼굴들이 사무치게 보고 싶어 가슴앓이를 하다 보니 주변만 맴돌았을 뿐이다. 좀 더 멀리 넓게 긴 안목을 내다보지 못한 것이 돌아볼수록 낯뜨겁고 부끄러웠지만 그릇이 그것밖에 되지 않았다.

다시 둘째 권을 쓰게 된 것도 마찬가지다. 늙은이 글은 늙은이들에게만큼은 같은 시대를 공유했기에 정서적으로 공감대를 이룰 것으로 위안을 받고 싶다.

청춘이나 젊은 시절은 다들 위대하거나 자랑스러웠다고 하는데 돌이켜보고 반성도 해보지만 내 자신은 정말 내세울 것이라고는 한 가지도 없는 것 같다. 이제는 지나버렸고 다시 돌아올 수 없으니 청춘이 아쉽고 젊음이 위대한 것 같아 한탄을 하지만 어차피 흘러버린 강물을 돌이킬 수는 없지 않은가.

나이 먹기 위해 특별히 노력한 사람은 없겠지만 우리는 그래도 그 위대할 수도 있는 아름다운 청춘이며 아쉽다면 한없이 아쉬울 수 있는 밤을 새워 고민도 했던 젊음을 이미 다 소유해 본 경험자가 아닌가. 직접 피부로도 느꼈고, 아파 보기도 했고, 괴로움이나 희열의 체험이야말로 더 이상 귀중한 자산이 아닐 수 없다. 이렇게 안으로 쌓은 내공이야말로 아주 괜찮은 알찬 실력이라고 자부하고도 싶다. 알고 보니 나이 든 자만의 혜택이 공짜표 외에도 의외로 많았다.

우리가 다 가져 봤던 청춘이고 젊음은 이제 와서 보니 그토록 아름다웠고 그토록 위대했으니 그 소중함은 감사하지 않을 수가 없다

청춘! 생각만 해도 가슴 뛰고 신선하다.

그 젊음을 누리고 있는 지금 젊은 그들은 그 한 가운데서 청춘의 귀함을 과연 얼마나 알고 있을까. 젊은이에게 늙음이란 그저 미지의 세계에 불과하다. 그들에게는 아직 미개척지대이니까.

그러고 보니 늙었다는 그 자체를 너무 비관으로만 몰아버릴 것은 아닌 것 같다.

어느 시인은 외로우니 인생이라 했다. 그렇다 청춘이 인생이면 노인도 인생이다. 또 어느 학자는 배우니까(學) 청춘이라고 했다. 이것은 가장 흥미 있고 관심 있는 아주 신선한 학설이 아닌가. 이미 가버린 청춘이라고 생각했는데 방법이 영 없는 것은 아니란 사실을 알려주니 말이다.

배움! 바로 청춘을 되돌릴 수도 있는 청춘의 출구로 통하는 길이 배움이라니 이것은 지금 청춘을 잃고 방황하는 노인들에게는 이보다 더한 대박이 또 있을까. 청춘은 기간이 아니고 마음가짐이라고 했거늘 이제는 방법이 제시되었으니 외로운 인생이 청춘을 향해 배움을 멈추지 않는다면 청춘의 등불은 반드시 밝혀 질 것이다.

변명을 늘어놓아 봤지만 제발 변명으로 끝나지 않기를 바랄 뿐이다.

저자 장영교

차 례

인생은 아름다워

여행을 '온 몸으로 떠나는 독서'라고 하는데 조용히 되뇌어보면 어느 페이지를 넘겨도 다 잊을 수 없는 이야기가 있고 숱한 감동은 세월이 갈수록 그리움이 되어 아름답게 다가온다. 기행문 하나 남기지 않은 것에 대해서는 별 후회는 없는데 사실이지 가는 곳마다 쉽게 찍어 둔 그 많은 사진이 있지만 한가하게 펴 볼 여유도 그리 많지 않으니 독후감을 남겼다 한들 다를 게 없을 것이다.

역시 가슴에 새겨진 감동은 사진이나 기행문 못지않은 흔적으로 지워지지 않는 걸 보면 이들은 시간이 가고 세월이 흐를수록 어운은 점점 아련해지지만 그리움으로 뭉클해지는 번짐은 어쩔 수 없다.

그때도 우리 일행은 한 달을 이미 넘긴 여정이 돼서 지치기도 했지만 가장 참기 어려웠던 것은 가족과 집이 그리웠던 것이다. 알고 보면 돌아갈 곳이 있고 사랑하는 가족이 기다린다는 것은 바로 여행의 최대 가치이고, 즐거움이고, 가슴 벅찬 행복이 아니었을까 싶다.

피로에 지친 일행을 색다른 유종의 미로 장식하고자 리더가 감동으로 이끈 깜짝 이벤트가 있었는데 그때 선택된 호텔이 잊을 수 없는 페이지로 장식되었다. 좋은 여행이 될 수 있는 것은 여러 가지 조건이 있겠지만 어떤 인솔자를 만나느냐, 누구와 함께 가느냐, 어디를 가느냐 등이다. 그 중에도 인솔자는 가장 중요한 열쇠인 것 같다. 항상 기지를 살려 알찬 여행의 진가를 보여준 좋은 리더였다.

파나마의 도시 다비드라에서 장시간 달린 것 같은데 이런 곳에도 호텔이 있을까 싶은 평범한 마을에 "파나몬테"라고 하는 아담하고 아주 고풍스러운 호텔은 너무도 인상적이었다. 으레 호텔이라 하면 으리으리하거나 빼어난 현대식 건물쯤으로 생각했는데 전연 그렇지 않았다. 그렇다고 전망이라도 좋거나 주위 경치가 좋은 것도 아니고 평범한 시골 마을이었다.

호텔은 단층이었고 알고 보니 띄엄띄엄 여러 채가 비슷하면서도 제각기 개성을 띤 다른 모습으로 아름답기도 하고 아기자기 한 것이 꼭 동화의 나라를 연상케 했다. 정원이 건물마다 정갈하게 다듬어졌고 어쩌면 비밀의 숲 속에 쌓여 있는 듯 했다. 우리 일행은 숙소 안내를 받으면서 점점 놀라움과 탄성을 금치 못했다. 요정의 동네는 다정하기도 했고 여유로웠다. 로비나 건물 곳곳에 격조 높은 인테리어가 수준 있는 분위기를 연출했는데 주인의 안목과 예술적인 소양에 감탄하지 않을 수가 없었다. 고층이라면 많은 객실을 꾸밀 수도 있는데 영리가 목적이거나 상술만을 앞세운 것 같지는 않았다. 경영 방침이 오는 손님을 편안히 잘 모시는 것이 최대의 목표인 것 같았다.

아늑한 객실은 다정한 지인의 가정이나 아니면 백설 공주로부터 초대라도 받은 듯했다. 우아하고 고급스런 가구하며 세련된 인테리어가 오랜 여정에 지친 여행객에게 최고의 휴식과 멋을 함께 제공했다.

식사도 특색있는 송어 요리로 환상적인 대접이었던 것으로 기억된다. 어느 것 하나도 손색이 없을뿐더러 너무 행복했다. 같이 오지 못한 남편에게 미안해서 이 다음 퇴직하면 꼭 이 호텔을 다시 오리라 다짐했는데 20년이 지난 지금까지도 이루지 못하고 있다. 세월은 기다려 주지도 않고 인생도 한 번뿐인데 기회가 되지 않는 것이 안타깝기만 하다.

또 알고 보니 이 호텔에 단골들은 세계적인 명사들이 많았다. 그들은 유명세와 더불어 하는 일이 많다 보니 피곤해서 심신의 충전을 위해 며칠씩 묵어 간 곳으로도 유명했다. 그중 알만한 인물도 더러 있었는데 최초로 대서양을 횡단한 전설적인 미국 비행사 찰스 린드버그를 비롯하여 한 때 세계적으로 화제를 일으켰던 이란의 팔레비 왕, 왕비가 불임이여서 국법으로 이혼할 수밖에 없었던 비극적인 운명에 온 세계가 가슴 아파한 사실도 기억나는데 그 왕이 여기까지 왔다고 하니 사랑의 상처를 달래기 위해 온 것은 이해가 되지만 법이 사랑보다 더 강할 수 있을까 싶었다. 또 멋쟁이 영화배우 존웨인도 있었고, 누구를 위해 좋은 울리나의 잉그릿드 버그만은 가족과 함께 자주 찾았다고 한다. 그리고 미국 대통령 닉슨은 점심 식사만 하고 떠났다고 하니 그 당시 워터게이트 같은 중대사로 얼마나 골머리를 앓았으면 쉬지도 못하고 떠났을까. 내 생각이지만 아마도 최대의 위기 상황이 아니었을까.

대통령 자리에서 물러날 정도였으니까. 생각하면 세상사가 그렇다. 아무리 목숨보다 귀한 명예도, 날아가는 새도 떨어뜨린다는 권세도, 세상을 울렸던 불같은 사랑도 다 지나가기 마련이다. 그러고 보면 시간은 우리에게 망각이라는 좋은 묘약을 준 것도 같다. 그 밖에도 유명하고 피곤한 사람들이 많이 다녀간 것으로 안다. 우리 일행도 피로도 풀고 행복한 추억도 만들었다. 잊을 수 없었던 요정의 고향이었다.

다시 펼쳐 본 한 페이지 한 페이지들이다. 아직은 끝낼 수 없는 독서라면 더 아름다울 수 있는 이야기는 여백을 얼마든지 채우리라 장담하고 싶다.

여행이라고 다 즐겁고 행복하고 아름다울 수만은 없었다. 난감했던 때도 당황스러웠던 때도 추위에 떨며 고생했던 기억도 생생하다. 목숨이 위험했던 히말라야 5,000미터에서 고산병으로 죽을 고생도 했고, 폭설로 갇혔던 일주일 간의 간절했던 기억도 그 모든 것은 더 없이 소중한 추억이고 오히려 내 삶의 이력서를 화려하게 해 줘서 감사할 뿐이다.

한 번은 파리에서 유로 스타를 타고 런던을 가는데 도버해협을 횡단한다는 감회에 적잖은 흥분과 감동으로 들떠 있는데 갑자기 열차 고장이라고 방송으로 알렸다. 곧 해결이 되겠거니 하고 참고 기다렸건만 한 시간이 지나고 세 시간째 들어서도 추가방송 한마디 없었다. 그곳 사람들은 교양이 있어서 그런지 아니면 수준이 있어서 그런지 항의하거나 따지는 자가 한 사람도 없었다. 남편과 동행이었는데 그럴 일은 없겠지만 이 일로 우리가 도버해협에서 살아남지 못하면 어쩌나 은근히 불안해지기 시작했다. 그때는 천안함 사건 직후라 천안함 충격도 가시지 않았는데 그 꽃다운 청춘들이 나라를 지키다 당한 참상을 생각하면 그래도 우리 부부는 실만큼 살았으니 마음을 비우자고 했다. 차라리 좋은 기회가 온 것인지도 모른다.

부부 동반은 식사 초대뿐 아니라 천국 초대도 있을 수 있구나. 이대로 우리는 도버해협을 지나 곧바로 천국까지 직행할 수 있는 기회가 온 것이니 행복한 마음으로 떠나자고 했던 그날의 결의, 얼마나 재미있고 아름다운 추억인지 넘기는 페이지 마다 내용은 달라도 감동과 느낌은 하나 같이 행복했다.

온 몸으로 떠나는 독서는 계속 이어지길 바란다면 욕심일까. 이래서 세상 끝나는 날을 소풍 끝난다고 했던가.

날 새는 줄 모르는 재미

요즘은 백수가 과로사한다는 말이 있다. 나이 들면서 어쩔 수 없이 안겨진 운명 같은 역할인데 그렇다고 놀고먹는 주제에 집안에만 틀어박혀 있을 수만은 없고 해서 꼭 가치가 있거나 절실하다거나 중요해서가 아니더라도 모임이나 만남을 소홀히 할 수는 없다. 그밖에도 될 수 있으면 요일별로 안배해 가며 배우러 다니기도 해 보는데 이 모든 것이야 말로 백수의 전형적인 일상이 아닐까.

종일 나갔다가 돌아오면 지치기도 하지만 진짜 바쁜 것은 지금부터다. 옷을 갈아입는 것과 동시에 세탁기를 작동하고, 마른 빨래는 걷어 정리하고, 밥통이 비었으면 쌀을 씻고 뜨물은 받아 화분에 주고, 저녁 준비와 함께 눈에 띄는 것부터 분리수거를 하다보면 청소까지 된다. 이 모든 것은 뛰다시피 해치울 수밖에 없다. 이때 전화라도 울리면 더 정신이 없다.

저녁식사 시간은 오늘 하루 각자 나가 있었던 일, 택배나 우편물까지 살피고 보고(?) 하고 또 다른 할 일을 상의하는 중요한 대화시간으로 활애된다. 식사가 끝나고 어지간히 뒷정리까지 마무리가 되면 잠시 앞 공원에 나가 걷고 온다. 아침에 제목만 읽고 둔 신문을 마저 읽고 TV뉴스까지 섭렵하면 얼추 열 시가 가깝다. 바쁜 시간은 지나간 셈이다. 한 사람은 잠자리에 들고 다시 혼자가 되면 할 일은 또 있나.

참으로 조용한 자유시간이다. 지금부터는 시간을 활용한다기보다 가져 보는 시간이 된다. 읽을거리도 찾고 글을 쓰기도 하고 써 놓은 글은 퇴고도 하다보면 자연히 잠 시간은 후딱 지나가고 만다. 불면증을 이용하는 방법이기도 하다.

자정은 한참 지났고 동네는 깊은 잠 속으로 빠진 듯하다.

어두운 거실로 나가면 경건하리만큼 오늘을 돌아보기도 하고 더 중요한 것은 가장 위대함을 만나는 감사한 시간이 된다. 때로는 서툰 하모니카지만 알 수 없는 외로움도, 밀려오는 그리움도 위로가 된다. 강 건너 도시가 아직도 잠들지 못하고 화려하게 불야성이다. 이 밤중에 유일하게 깨어 있어서 친구처럼 반갑다. 이 모든 것이 재미가 없다면 들어가서 잠이라도 청해야 하겠지만 아름답고 자유스런 이 시간이 더 없이 행복할 수가 없다. 늦게 배운 도둑이 날 새는 줄 모른다는 둥 밤이 깊었으니 그만 자라는 충고는 나이도 잊은 채 짓는 철 덜든 행동이 딱하고 걱정이 돼서겠지.

하기사 옛날 여인들 일상을 생각하면 지금과는 감히 비교가 되기나 할까.

농사 짓고, 방아 찧고, 길쌈하고, 빨래하고, 밤새워 바느질하고, 아이 키우고… 끝도 없는 일에 파묻혀 하루 해가 모자라 언제나 늦은 저녁 준비, 업힌 젖먹이는 보채고 떼쓰고, 외양간 송아지 배고파 울고, 콩나물에는 잔발이 나고, 쇠죽은 끓고, 사랑채 시아버지 허기진 기침 소리, 시어머니 억울한 잔소리, 벼룩이 닷 되라는 시누이하며 대가족 속에서 어려움도 서러움도 참고 견뎠을 그때 여인네들은 눈물겹도록 위대한 역군들이었다.

지난 겨울 얼어붙은 빙판길이 무서워 나가지도 못했을 때 이 정도 추위나 빙판이 겁나면 정말 걷지 못할 때가 있을 것을 생각하니 끔찍했다.

어느 구십의 낭만 논객은 그 연세에도 왕성한 기억력으로 세계적인 명시를 거침없이 외우고 그것도 모자라 원문까지 줄줄 틀림이 없었다. 노익장을 유감없이 발휘하는 이 시대의 멋쟁이 백수가 아닐까 너무도 존경스럽다. 사람들은 늙으면 용렬해지거나 자만해지기 일쑤인데 이 분의 겸손과 노력하는 모습 그리고 젊은 생각과 지성은 겨눌 자가 많지 않은 것 같다.

나도 시는 좋아했지만 시조 몇 수 말고는 좋은 시를 외우고 싶어도 돌아서면 다 까먹고 만다. 부끄러운 노릇이다. 낭만 논객에 비하면 나이랄 것도 못되는 주제에 벌써 치매를 의심할 만큼 기억력에 금이라도 간 건지.

낭만 논객은 젊은 정신력이 존경스럽다 못해 황홀했다. 많은 천재 영웅호걸 시인 묵객들이 기라성처럼 역사에 등장하였지만 구십의 낭만 논객이야 말로 살아계신 역사적 인물로도 손색이 없다.

물론 시를 쓰면 시인이라고 하지만 좋은 시를 찾아 사랑하고 간직하면서 그 시의 가치와 정신을 추구해 언제나 시의 아름다운 세계를 감동으로 전한다면 시를 쓰는 시인 이상으로 위대한 시인이 아닐까. 자신이 좋아하는 시는 길던 짧던 다 외워 자기 것으로 만든다는 것은 정말 시를 사랑하는 정신이 아니고서는 참으로 어려운 일이 아닐 수 없다. 이토록 시를 사랑하는 분이야말로 위대한 시인으로 손색이 없다고 생각한다. 물론 사업가요, 철학자요, 여사하자요, 영문학자이지만 또한 훌륭한 시인임이 틀림없다. 특히 노력하는 시인이다.

늙고 젊고는 중요치 않다. 젊은 생각을 갖고 노력하는 그 자체가 위대했다.

이토록 쉬지 않는 자아계발은 과로하지 않을 수가 없겠지. 이 시대의 최고 멋쟁이 백수께서는 날 새는 줄도 모르는 재미가 도대체 어떤 것일까.

가슴 뛰는 시 한 구절일까? 그것이 가장 궁금하다.

부디 건강하시길 바랄 뿐이다.

사랑의 진수

친구를 따라 새로 사귄 S의 집은 P읍 근교에 있는 과수원이었다. 우리가 찾아갔을 때 넓은 과수원은 온통 능금꽃으로 만발했고, 새하얀 꽃 사이로 보였던 S의 집은 한 폭의 파스텔화를 보는 것처럼 아름다웠다. 참으로 별천지가 있다더니 꽃 속의 세상은 동화의 나라에 온 것 같았다.

우리 일행을 맞아준 그의 어머니는 한 눈에 봐도 미인이었고 교양도 있어 보였다. 젊었을 때는 한 인물 했을 것 같은 좋은 인상이었다. 보통 과수원을 하면 일이 많아서 주인이라도 일꾼과 다름없이 일을 할 수밖에 없는 것은 우리 삼촌네도 과수원을 해서 잘 안다. 숙모는 항상 일 속에 묻혀 볕에 그을리고 언제나 몸빼 차림의 일꾼이었는데 과수원도 과수원 나름인지 S의 어머니 모습은 일하고는 거리가 멀어 보이는 도시형 인테리 여성으로 품위가 달라 보였다. 우리는 맛있는 점심에다 융숭한 대접을 받고 놀다가 우연히 앨범 구경을 하게 되었는데 그때 나는 너무도 충격적인 사실에 소리라도 지를 뻔했다.

우리 아버지 학생 때 사진이 거기 꽂혀 있었다. 틀림없는 아버지 학생 때 교복과 교모 차림의 명함판이었다. 그 사진은 우리 집에도 있었는데 6.25때 앨범 째로 없어졌다. 지금은 기억으로만 남은 아버지 사진이 틀림없나. 그뿐인가. 그 옆에 꽂힌 여학생 사진도 우리 집에 있었던 양춘희 사진이 아닌가.

거의 기절초풍의 단계에 이르렀지만 나는 숨을 죽이고 이 엄청난 사실을 유추하기엔 고1 겨우 16세 밖에 되지 않은 어리다면 아직 어릴 수도 있었는데 너무도 떨리고 벅찬 사건이 아닐 수 없었다. 여학생 사진은 자기 어머니고 남학생 사진은 그저 아는 어머니 친척이라고 설명했다.

아, 양춘희! 친구 S는 바로 양춘희의 딸이었다. 너무도 소설같은 기막히는 사실이었다. 그때 내 심정은 가슴이 곧 터지거나, 아니면 머리가 빠개지거나, 열이 치솟거나, 온몸이 곧 굳어올 것만 갔았다. 아니면 금방이라도 어떤 변화가 일어날 것 같았다.

우리 가족은 지난날 아버지의 연애사를 들어서 양춘희에 대해서도 잘 알고 있었다. 아버지는 학생 때(아버지 16세 어머니 17세) 결혼했지만 공부하느라고 집을 떠나 있다가 어느 해 아버지가 방학을 맞아 집에 오니 어머니는 아파서 며칠 음식을 전폐할 정도였는데 아버지가 사온 모리나가(일본 상표) 우유는 조금 마시겠는데 미깡(귤)은 시고

딸 4 F 장지채색

떫고 해서 넘어가지 않았다고 어머니는 회상했다. 차츰 회복을 찾던 중 하루는 손님이 왔다고 집안이 술렁거리며 할머니와 큰어머니(백모), 큰 고모, 작은 고모 할 것 없이 사랑으로 들락거리고 접대 준비한다고 분주를 떨며 쉬쉬하는 눈치가 예사롭지 않았다. 그들은 계속 어머니를 왕따 시키고 자기네들끼리 쑤군거렸다고 했다. 손님은 아름 아닌 양춘희였다.

시어머니, 윗동서, 치녀 시누이들 모두 호기심으로 희희낙락하며 예사롭지 않았다는데 그것은 당연했을 것 같다. 얼마나 신기하고 재미있는 일이냐! 오빠의 애인이 왔으니 마누라가 죽은 것도 아니고 눈이 퍼렇게 살아 있는데 말이다. 어머니가 본 그때 광경을 설명하는데 그렇게 재미있는 이야기는 들어본 적이 없었다.

시어머니는 치마폭에 바람을 날리며 너무도 당당했고 자신이 소유한 물건보다 월등(?)우수하고 세련된 값진 것이 나타났으니 당연히 바꿔야 한다는 결정을 세운 태도였다고(어머니가 느낀 소감이었을 것이다). 손님은 검은 머리를 양 갈래로 땋아 삼단같이 늘어뜨리고 눈매는 쌍꺼풀이 지고 육색은 희고 키는 삼삼했는데 팔뚝에는 우데마끼(시계)를 차고 삐딱구두를 신고 곤색 세루치마에 흰 윗도리를 입은 신여성이 나타난 것이다. 이상은 그 당시 상황에 대한 어머니의 설명이다.

할아버지 큰아버지 고모부는 난데없이 들이닥친 미모의 신여성을 맞아 정신을 가누지 못하였지만 아버지는 여성이 직접 부모님을 만나 해결하겠다 큰소리는 했어도 막상 이 골짜기까지 찾아오리라고는 상상도 못했다고 했다.

그 여성은 아버지가 유부남인 것도 이미 다 알면서 청혼 차 나타났으니 천지가 개벽할 만큼 사태는 긴박하게 되었다. 더구나 장래 청사진을 제시했을 때 감히 그 시절에는 상상도 못할 화려한 조건이 나열되었으니 이 여의주를 품은 신여성의 출현은 대단한 호기심과 경외심은 물론 사랑채 남성들뿐만 아니라 안채 여인들에게도 신기하다 못해 숨막히는 절체절명의 사건이 아닐 수가 없었다.

 거우 병석에서 털고 나온 어머니를 아무도 거들떠보거나 말 한마디 걸어주지 않아도 거의 사건의 중요성을 눈치챘다고 했다. 그러고 보면 예나 지금이나 여자의 육감은 놀라웠다.

 할아버지는 끝까지 침묵으로 일관했고, 다음 연장자인 고모부는 적극 찬성이고 모든 절차며 추진에 앞장서서 처리할 것을 자청하고 아버지를 다그쳤다고 했다. 백부도 동생 일에 부러움을 감추지 못하고 긍정적인 편에 섰는데 정작 당사자인 아버지는 침착하게도 그 여성을 달래면서 본인은 알다시피 결혼한 처지고 가진 것도 없을뿐더러 모든 것이 부족함을 누누이 강조하고 당신같이 훌륭한 지성인은 앞으로 얼마든지 보람된 일도 해야 할 것이며 좋은 사람도 만날 것이고 행복해야 하는데 자기는 모든 면에 역부족이니 이 모든 것을 우정으로 극복하자고 우는 여성을 달랬다고 했다.

 두 사람이 일본 가서 공부하겠다는 청사진 말고도 지식을 갖춘 신여성, 건강한 미모에다 금상첨화로 돈까지 있었으니 집안사람들을 완전히 해까닥하게 한 것은 사실이다. 평소 점잖던 인륜도덕이니 양심이니 양반 체통 같은 것은 언제 있기나 했나 할 정도로 이성을 잃은 것은 어쩌면 당연했을지도 모른다.

그 당시만 해도 조혼한 남성은 신교육을 받으면 못 배운 조강지처는 부모 모시게 하면 다행이고 아니면 그냥 버려두거나 친정으로 쫓고 신여성과 다시 혼인하는 것은 비일비재했다. 내가 아는 유명 인사만 해도 꼽으라 하면 당장 실명도 들 수 있지만 다 시대가 만든 무지와 비극이 아니었던가.

제일 앞장서서 아버지를 왈기고 채근한 고모부는 일찍 신문물을 섭했고 잦은 한양 출입에 유명 인사들피도 교분이 잦았다. 온 식구가 다 원했지만 촌수를 따져 고모부 자신이 스스로 총대를 멘 것 같다.

어머니는 그 여성을 양춘희라고 불렀는데 아버지는 양혜신이라고 했다. 은혜 혜 믿을 신 알고 보니 연애하면서 이름이 마음에 안 든다고 아버지가 고쳐줄 정도였으니 얼마나 아름다운 연인들이었을까! 얼마나 아름다운 사랑이었을까! 얼마나 아름다운 젊은 날의 로맨스였을까.

사랑의 힘이 아니고는 그 불편한 골짜기까지 더구나 유부남임을 알고도 찾아온, 그 사랑의 행로를 받아들일 수 없었던 사랑해선 안 될 사랑!

고지식한 청년이 자기를 밝히고 밝혀도 사랑할 수밖에 없었던 한 여인의 숭고하고 애달픈 사랑은 백 번 이해할 수 있다. 이루어질 수 없는 사랑이야말로 진정한 사랑의 진수인지도 모른다.

나는 그날 과수원의 기막힌 사건에 대하여 부모님께 자초지종을 고하는데 긴장이 돼서 침이 마르고 목이 타들어가는 것 같았는데 이외로 어머니도 아버지도 양춘희의 근황을 알고 있지 않은가. 우여곡절 끝에 선遮 아무개와 결혼해서 P읍에 있는 과수원에 살고 있는 것도 다 알고 있었다. 더욱 놀란 것은 나와 동갑인 딸이 있다는 것도 알고 있었다.

이룰 수 없는 사랑이지만 미움도 원망도 아닌 끝까지 믿음과 존경으로 지켜 볼 수밖에 없었던 것 같다.

세상일을 누가 알까 아버지를 그토록 닦달했던 고모부는 말년에 상처하고 자식은 월북하고 병든 몸으로 우리 집에 와 있었지만 어머니는 지난 일은 잊은 듯 내색도 원망 한 번 없는 것도 이상했지만 아버지도 객지에서 아름다운 사랑에 빠진 것도 사실인데 책임과 양심으로 가정을 지킨 것 같다.

시대가 아무리 불합리함으로 만연했어도 양심 있는 자의 사랑 방법은 멋도 있었지만 품격이 달랐다고 말하고 싶다.

언니는 세상에서 제일 존경하는 분은 우리 아버지뿐이라고 아버지한테 울면서 우리를 버리지 않아서 고맙다고 했다. 나는 한 번도 그런 표현을 못한 것이 이토록 후회가 될 줄 몰랐다.

생각하면 어머니가 고마워해야 할 문제인 것 같은데 어머니는 자신(?)이 그렇게 있었는지, 참으로 대단한 분은 아버지가 아니라 어머니인 것 같다.

자랑스런 나의 부자 친구

나에게는 언제나 계절을 흠씬 담아 보내주는 넉넉한 친구가 있다.

아직은 싸늘한 바람이 아릴만큼 차고, 먼 데 산등성이는 흰 눈을 이고 있는데 봄의 전령 생강나무 노란 동백꽃과 버들강아지가 눈 속에서 곧바로 부쳐왔다. 친구로부터 보내온 봄소식이다.

나의 게으른 봄을 재촉이라도 하듯 깨워 주었다. 생강나무 노란 동백꽃은 좀 촌스러워도 좁쌀 방울 같은 샛노란 꽃송이가 귀엽고 앙증맞다. 버들강아지는 눈 속에서도 털이 매끈하고 밍크 등처럼 윤기가 자르르 했다. 아직 잠이나 다 깼을까 하는 안타까움과 함께 두고 온 얼음 밑의 물소리까지도 들리는 듯 반가웠다.

변함없는 친구의 봄소식은 언제나 나를 감동케 하고도 남았다. 새로운 계절을 맞는 자극이 되게 했고 그것은 내 삶에 활력소는 물론 한없는 행복을 안겨 주었다.

그렇다. 이맘때쯤이면 그 깊고 우중충한 소백산 계곡은 겨우내 만들어 놓은 거대한 얼음 조각 작품을 박차고 쏟아내는 폭포가 있었다. 마치 대단원으로 조직된 젊은 남성 합창이 우렁찬 화음으로 누구의 지휘인지 온 산을 광란의 도가니로 몰아넣듯 장엄했다. 인간이 만든 어떤 명 작곡이 감히 비유나 될까. 비발디 작作 사계四季가 그 감동을 어디까지 흉내는 냈을까?

장엄한 오케스트라를 이끌고 웅장한 하모니는 울창한 상록수 관객에 둘러싸인 채 황홀한 연주에 도취되어 열정은 밤이 깊도록 날 새는 줄도 모르고 먼동이 트는 여명까지도 그칠 줄 모르니 하늘을 향한 지상 최대의 걸작이요, 영혼을 불태우는 대합창의 장엄한 향연은 자연이 곧 예술의 극치임을 무한히 깨닫게 했다.

이렇게 소백산은 무궁무진함을 비축한 보물창고이다. 계절 소식에는 자연의 위대함이 고스란히 담겨왔다. 산을 좋아하는 친구는 산을 사랑하고 이제는 산을 닮아 선경을 넘나들더니 산처럼 부자가 되어 살고 있다. 안달하는 기다림이 아닌 맞이하는 포용력이 여유로웠고 향이 물씬 나는 산채도 일품이지만 호수에 날아드는 학과 함께 지내는 그의 삶이 신선이라고 감히 말할 수 있는 것도 어쩌면 부부가 함께 추구하는 생각이 지고지순하고 그 삶이 너무 아름다워 온 소백산을 차지하고도 남을 실력 있는 멋쟁이들이니 당연히 부자일 수밖에 없다.

그 풍요로움 속에서 내, 외조가 환상적이고 꾸준히 노력하는 생활 태도가 부럽고 존경스럽기만 하다.

풀 한 포기도 그냥 지나치지 않으니 아마도 지금쯤은 학위는 받았는지 몰라도 식물학 박사라고 해도 손색이 없다. 실무 실력이 박사 자격이지 탁상이론은 다 허상이 아닐까!

계절은 어김없이 지나갈 것이고 무심히 타성으로 살아가는 멀리 떨어져 있는 친구를 위해 어떤 징표로든 새로움으로 깨우쳐 주는 고마움을 보답할 길은 없지만 모든 것은 친구이기 때문에 용서도 되고 끝없이 배풀어지는 것이라고 생각한다.

이제 머지않아 봄도 가고 여름도 오고 또 가고 우리들의 다정한 소식이 뜸 할 무렵 어느덧 소백산은 또 새로운 계절을 잉태할 것이다. 보나마나 나는 그때까지도 분별없는 일상에서 어이없이 지쳐있을 텐데 이번에는 또 어떤 새로운 계절의 소식을 놀라움과 감격으로 안겨 줄는지 상상만 해도 가슴이 두근거릴 만큼 행복하다.

친구로부터 보내오는 계절은 언제나 새로운 계기가 되었고, 다짐이 되었고, 시작할 수밖에 없는 용기가 되었던 고마운 나의 친구!

특히 내 가슴을 뛰게 한 그 무진장한 배경들, 풀잎 하나에도 온 소백산이 펼쳐졌고 더운 여름날 동자꽃 소식에는 국망봉 능선이 눈물나도록 그리웠고, 하늘을 찌르던 편백나무 숲은 또 다른 세계였는데 그때 그 계곡 웅장했던 대합창단의 향연은 또 다른 레퍼토리로 연주가 될 것이고, 수많은 낯익은 야생화도 만날 것이지만 그러나 그 모든 것은 들러리일 뿐 나는 나의 사랑하는 친구의 행복한 일상의 소회를 가장 기다리며 그리워하고 반길 것이다.

저무는 인생길에서 때로는 고독하고 때로는 외로울 때 위로 받을 수 있는 조용하고 다정한 내 친구는 그렇게 부자로 살고 있다.

세상 부자들은 자만의 극치가 기고만장하여 갑질로 이웃을 슬프게도 하는데 오히려 나의 부자 친구는 늘 덜 떨어졌다고 자신을 낮춘다. 떨어져야 할 것은 무엇이며 떨어질 것이 있었기에 오히려 건강한 정신을 소유하고 젊음을 유지할 수 있었던 것은 아닐까?

언제나 시간은 꿈같이 흘러가고 계절은 나름대로 준비를 하는 것 같다. 오늘은 더 찬란한 봄을 위한 눈 소식이 문자로 날라 왔다. 우리는 밤 늦도록 행복한 시간을 보냈다. 아름다운 부자 친구를 뒀기에 갖는 행운이다.

동화 작가이기도 하지만 아직도 현역을 지키는 능력의 소유자이면서 무한한 순수를 꿈꾸며 영원히 산을 사랑하는 그 마음이 쌓여 산은 밤새도록 상고대를 꽃 피우고 새로운 아침을 맞을 것이다.

이 모든 것은 내 친구의 틀림없는 부자 목록이다. 우린 서로 철이 덜 들고 덜 떨어졌다고 하소연했지만 친구나 나나 그 점이 좋아서 서로 사랑하고 그리워해도 끝이 없다.

약속 4 F 장지채색

젊어 지는 비결

설레이는 마음으로 종각 전철역 출구에 있는 제일은행으로 나갔다. 먼저 도착해 보니 내가 일방적으로 정해 놓은 은행은 다른 이름으로 바뀌어 있었지만 우리는 약속한 시간에 서로를 금방 알아보는 데는 별 어려움은 없었다.

이게 얼마만이냐! 너무도 반갑고 행복해서 우리는 얼싸안고 춤을 추듯 방방 뛰었다. 이미 청년의 머리는 반백으로 변해 있었지만 지난날 모습 그대로 동안은 크게 변하지 않았다. 그도 "선생님 하나도 늙지 않았어요. 건강하신 모습이 감사해요" 늙지 않을 수는 없지만 나는 머리카락을 염색한 상태니 약간 가릴 수는 있었겠지.

우선 재회를 기념으로 사진을 찍기 위해 지나가는 아가씨를 잡고 부탁했다. 예쁘게 잘 찍어 달라고 주문을 했더니 그 아가씨는 약간 부담이 되었는지 고심하듯 이렇게 저렇게 연출(?)을 시키더니 "할아버지가 이쪽으로 서 보세요. 찰깍. 우리는 기가 막혀서 그저 웃을 수밖에 없었다. 아가씨 사진기사는 연출은 잘 했는지 몰라도 관찰력은 영 바닥이었다.

이렇게 58세 제자와 78세 할머니 스승의 해후상봉은 종로 한복판에서 춤추고 사진 찍고 쇼를 했다. 만약 누가 봤다면 가히 해괴(?)한 풍경이라 했을지도 모른다.

오늘 이 역사적인 날을 좀 더 재미있게 계획하자면서 먼저 인사동 구경을 하고 다음은 맛있는 것을 사먹고 쇼핑을 하기로 정해놓고 이 모든 일정을 나보고 앞장서라고 했다. 인사동이라면 오래전부터 놀던 나의 무대(?)나 다름없으니 자신이 있었다. 거리구경, 사람구경, 각종 전시회 등 많은 젊은이들과 섞여서 우리도 웃고 떠들고 손잡고 흔들며 나이도 세월도 다 잊어버리고 계급장(?)도 떼고 그동안 헤어졌던 세월을 보상이라도 하듯 이야기꽃을 피웠다. 정말 재미있는 시간이었다.

점심은 내가 잘 아는 뒷골목 별천지 청국장 집으로 안내했다. 식당은 손님으로 만원이어서 한참 기다렸다가 점심을 먹었다. 그도 만족하는 점심이라고 해서 다행이었다.

그는 딸 하나뿐인데 지금은 미국 유학으로 엄마와 함께 보내고 기러기 아빠로 혼자 떨어져 있다고 하니 밥다운 밥을 먹게 해주고자 청국장 집을 선택한 것이다.

식당을 나와 우리는 옛 도읍지인 한양의 중심지 유서 깊은 북촌을 걸으면서 흥망의 시대변천과 미래를 생각하지 않을 수가 없었

약속 2 4 F 장지채색

다. 인간에게 과거는 역사이기 전에 가장 절실한 고향이 있었기에 그리움도 아름다운 추억도 소중히 간직하고 다시 만나는 기쁨이 있는 것이 아닐까?

아름다운 동네 안동교회 앞 골목에서 전직 대통령 집을 배경으로 사진도 찍고 유서 깊고 전통 있는 동네가 새 문물을 맞아 옛과 오늘의 조화를 잘 이루어 꼭 유럽 남단 어느 도시 골목을 떠올리게도 했다. 분위기 좋은 찻집에 들러 커피를 마시며 많은 이야기 속에 나는 저의 입지를 칭찬하고 저는 나를 칭찬하다 보니 칭찬의 시간은 행복하고 아름다웠지만 빨리 흐르기 마련이었다.

바쁜 그가 나를 위해 온전히 하루를 비운 것이 고마웠다. 다음 만남은 남산으로 정했지만 바쁜 그가 지금도 걸려오는 전화로 몇 건의 일을 처리할 정도였다. 그의 하는 일이 얼마나 중요한가도 짐작이 갔다.

공부 잘하는 딸 얘기를 할 때는 어쩌면 그 옛날 아빠 공부할 때 모습을 그대로 닮았을까. 그때 그 공붓벌레, 공부밖에 모르던 그 아빠에 그 딸이었다. 우수한 머리(두뇌)는 아빠를 닮는 것은 당연하지만 어쩌면 노력하고 공부하는 스타일도 그렇게 빼닮을 수 있을까. 피는 못 속인다는 옛말 하나 그르지 않았다. 이렇게 되면 보통 사람은 따라갈 수도, 비집고 들어갈 틈도 안 주는 천재들만의 영역을 보는 것 같았다.

찻집을 나와 쇼핑 순서로 상점을 돌면서 모자점에 들러 이것저것 씌어보고 제일 마음에 드는 걸로 결정하라고 했지만 나는 모자가 많아 필요 없다고 해도 한사코 우겨서 제일 비싸고 화려한 것으로 강제적(?)인 결정을 한 다음 인사동 거리 한복판에서 새 모자를 쓰고 또 사진을 찍었다.

즐거운 시간은 더 빨리 가기 마련인 것이 이제는 헤어져야 할 시간이 되었다. 종각역으로 가서 그는 하행선 나는 상행선 유행가처럼 나뉘어졌는데 그 사이 또 전화가 왔다.

"오늘 너무 즐거웠고 행복했어요. 선생님 늙지 마셔요. 오래 건강하세요"

그 부탁이 가슴을 울렸다. 나도 즐겁고 행복했다. 사실 늙은이가 바쁜 젊은이에게 민폐가 돼서는 안 된다. 그러나 나는 오늘 정말이지 몇 십 년 젊어진 것은 틀림없는 것 같다.

사실 그가 전화 올 때마다 밖에 나와 있거나 늦게 집으로 가는 중이라고 하면 "선생님 그렇게 돌아다니면 살림은 언제 합니까?" 걱정 되는 모양이다.

"짱아지 보내 드릴 테니 밥만 해 가지고 물에 말아서 짱아지 조금씩 같이 드시면 바쁜 선생님께 도움이 될 꺼예요"

나는 한사코 괜찮다고 했지만 벌써 택배로 부쳐 왔다. 짱아지가 대단해서가 아니라 살펴주는 마음이 고마웠다. 아무리 생각해도 나는 복이 많다고 해야 하나 지난날 교사였기에 얻는 보람이 이렇게 감사할 수가 없다. 세계를 돌아다니면서 곳곳에서 만났던 잊지 못할 일들은 하나 같이 감동이다.

바쁜 그가 나를 위해 귀중한 시간을 내주고 놀아주고 돈을 쓰고, 내게도 아들이 있고 딸도 있지만 그들은 하나 같이 모두 바쁘다. 이민 간 아들 하나는 그야말로 해외 동포일 수밖에 없다. 그래도 그들을 원망해 본적도 없거니와 원망할 일은 아니다. 각자 삶에 충실한 모습이 대견하고 자랑스러울 뿐.

오늘 제자 백규의 늙지 말라는 부탁이 가슴에 오래도록 울렸다. 그래 고맙다. 늙지 않도록 노력은 하겠지만 자연의 순리를 거스릴 수는 없지 않니? 이렇게 너를 만나서 행복한 시간은 내게 젊어질 수 있는 최고의 비결이 아닐까?

자유로운 영혼들

언덕바지에 잘 생긴 소나무 한 그루가 외롭게 바람을 맞으며 멀리 구름을 바라보고 서 있다. 정말 외로울까? 아니면 독야청청 고상한 의지로 최고의 기상을 뽐내며 멋을 부리는 것일까? 혼자 있다고 다 외로운 건 아니다. 때로는 혼자이고 싶을 때가 얼마나 많은데 완전히 비운 상태로 쉬고 싶을 때처럼.

늘 지나다니는 길 옆 벤치에는 그늘이 좋고 시원해서 여름 내 할아버지 한 분이 앉아 계셨다. 깨끗하고 온화해 보이는 품이 아버지를 생각나게 해서 목례를 하고 다녔는데 그때마다 미소는 보여도 말은 없었다. 젊었을 때는 상당한 미남이었을 것 같았다. 무슨 일을 했는지, 어디서 사는지, 혹 말을 못하는지 궁금했지만 아는 건 하나도 없다. 노인정에도 가지 않고 소나무처럼 조용히 즐기는 모습이 오히려 고고했다. 구십은 넘었을까 늙어도 얼마든지 품위를 잃지 않을 수도 있구나.

동네 공원은 크지는 않아도 잘 꾸며져 있는 편이다. 비록 소공원인데도 있을 건 다 있을 정도로 매우 전문적이고 과학적인 설계임을 알 수 있었다. 작은 공간에 치밀하고 효율적으로 쓸모를 잘 살린 것이 문외한 안목에도 알 수 있었다. 불과 몇 해 전만 해도 공원은 어린이대공원, 올림픽공원 정도로 거국적인 공원뿐이었는데 이제는 동네마다 간이 공원이라도 다 조성되어 있다. 지지지제 활성회 덕인 것 같다. 미국 동네마다 있었던 공원을 그렇게 부러워했던 생각이 난다.

공원은 인간의 여유 있는 삶을 위해서는 무엇보다도 필요한 공간이다. 많은 주민이 애용하고 있는 것만 봐도 이제는 우리도 선진국 대열의 형식은 갖추어 가고 있음을 알 수 있다.

땅이 좁으니 공원인들 무작정 클 수는 없지만 간이 축구장, 농구장, 배드민턴장, 족구장 등이 있고 그 둘레를 걸을 수 있도록 되어 있다. 가운데는 유아들 놀이장으로 넘어져도 다치지 않는 부드러운 재질을 깔아 맘껏 뛰놀게 한 것이 마음에 들었다. 작은 공연 무대도 있고, 각종 운동기구가 비치되고, 정자도 몇 개 되니 끼리끼리 모여 쉬기도 하고 담소를 즐긴다. 한 여름날에는 터널식 분수가 뿜어지면 동네 아이란 아이는 다 모여 더위도 식히고 장관이다. 우리네 어린 시절과는 상상도 안 되는 엄청난 격세지감이 아닐 수 없다.

강이 좋아 항상 강변을 걸었는데 짬을 이용하는 데는 공원이 가까워서 편리했다. 공원 열 바퀴를 돌면 한 시간이 얼추 된다. 마른 삭정이를 똑똑 잘라서 열 개를 만들어 한 바퀴에 한 개씩 손을 다 털면 하루 운동은 끝나는 셈이다. 걷는 길옆에도 벤치가 놓여 할머니들이 삼삼오오 앉아서 이야기꽃을 피운다. 할아버지들은 벤치 하나에 혼자씩 앉아 고독을 즐기는지 명상에 잠겨 있다. 나머지 벤치는 연인들이 차지했다.

열 바퀴를 도는 동안 때로는 초승달도 만나고 사라진 별들을 찾아보지만 좀처럼 찾을 수가 없다. 할머니들 앞을 지나면 들리는 이야기는 주로 김치 담그기, 자식 자랑이다. 열무 석단으로 맛있는 열무김치가 완성되는 데는 내 걸음으로 공원 한 바퀴면 충분했다. 파김치, 장아찌 등등 그들의 유일한 사교장은 항상 웃음꽃으로 행복했다.

늦은 날은 아직 열 바퀴가 채워지지도 않았는데 연속극 시간이라고 다들 사라진다. 다른 벤치 할아버지들도 들어가고 연인들만 아직 심오한 이야기를 끝내지 못 하고 있다. 운동 기구에 매달린 사람들은 열심히 단련 중이다. 주민들의 건강을 증진하고 스트레스를 푸는 데는 공원이 크게 한몫하고 있다. 가장 시끄럽던 축구장도 조용해 졌는데 어린 소년이 혼자서 공을 차고 몰고 꼴인도 하고 있었다. 낮에 아무도 끼워주지 않았던 소외됨을 쓸어내기라도 하듯 열중하는 모습이 외롭지만은 않았다. 베드민턴 코트의 남녀동호 회원들도 즐거운 경기를 끝내고 음료수로 목을 추기면서 오늘의 승부를 평가하고 반성하며 떠든다. 한쪽 정자에서는 젊은 엄마들이 파티를 벌이는지 통닭이 배달되더니 짜장면 오토바이도 왔다간다. 자주 보는 풍경은 아닌데 공원에서의 외식도 재미있을 것 같다. 젊은 날의 객기는 나름 낭만도 있었다.

농구장에도 청년들이 떠나고 젊은 아빠가 초등학생 아들을 데리고 열심히 농구를 가르치고 있다. 슛과 패스 등 다양한 기술을 시범으로 보이면서 지도하는데 아들은 훗날 어른이 되어도 아빠의 가르침을 잊지 않겠지.

우리 아들 키울 때만 해도 공원 하나 없었는데 제 키만 한 야구 방망이에 글로브와 헬멧을 꼬치처럼 꾀어 어깨에 메고 나가서 동네 아이들과 칠 놀던 모습이 선하다. 그때만 해도 누구나 갖출 수 없었던 야구 용품을 관심 있는 아빠가 일습으로 구비하여 주는 바람에 친구들 가운데서 군림하던 모습은 웃음이 나지만 새삼 떠올리니 코끝이 찡하게 그립고 보고 싶다.

유아 놀이장에는 세 살 딸의 재롱을 아빠도 세 살이 되어서 똑같이 놀아주고 있었다. 엄마는 직장에서 늦는 모양(?)이다. 그림 같이 아름답고 행복한 풍경이다. 진실로 자유로운 영혼들이다. 심지어 산책 나온 강아지도 자유를 만끽한다. 자유는 인간만의 전유물은 아닌 것 같다. 동물이나 식물이나 살아 있는 것들이 누릴 수 있는 소중한 권리이다. 지난 여름 가뭄이 극심했을 때 나무마다 물탱크를 달아 급수하고 보호하는데 여간 감동스럽지 않았다. 복지도 인간에게만 한정된 것이 아니었다. 동식물도 혜택이 있었다. 이것이야 말로 이 사회의 수준이 아닐까. 공원이 주는 여유와 행복은 봄비처럼 골고루 내리고 있었다.

경기장 마다 경기용 전등이 운동이 끝나도 밝히고 있어서 낭비가 아닐까 걱정했는데 곧 아홉시 전으로 자동 소등이 된다고 했다. 유아등誘蛾燈이 곳곳에서 해충을 박멸하고 둘러선 공원 등은 뒷 부분이 검게 가려 있었는데 그것은 주변 아파트에 빛 공해를 차단하기 위한 것이었다. 여러 가지로 세심하게 주민생활까지도 배려한 설계였다.

인권이 무시된 세상도 아닌 이 땅에서 자유를 누리면서 살 수 있다는 것이 얼마나 감사한지 비록 작은 공원이지만 걷기로 하루의 피로를 풀고, 건강을 얻고, 사람들의 행복한 삶을 만나고….

그들은 모두 아름답고 자유로운 영혼들이었다.

잘 지내고 있나요?

등산만큼 좋은 심신수련도 없는 줄 안다. 보현봉에서 펄펄 날리는 첫 눈의 특별한 체험은 잊을 수 없는 신선한 장면이었다. 또 우연히 비를 맞는 낭만도 산이었기에 감동이 더 했을 것이다. 아무리 뜨거운 여름 삼복지간도 산은 시원했다. 사계절 어느 것 하나도 예사스러울 수 없는 감회를 안겨 준 것도 산이었다.

백두산 천지에서 조국을 그토록 안타깝게 통일의 염원을 안고 사랑할 수 있었던 것도, 근심할 수 있었던 것도 내 조국의 영봉에서 이다. 무궁무진한 산 이야기는 다 할 수 없지만 산은 자연이 인간에게 선물한 가장 소중한 보물덩어리 임에는 틀림없는 것 같다.

그 해 겨울 우리가 사패산을 찾은 것은 등산이라기보다 가벼운 산책 기분이었다. 가깝기도 했지만 높지도 험하지도 않았다. 산은 커다란 돌에 주름을 잡아 놓은 듯 수려하게 내려 펼쳐진 널찍한 광장이 색다른 절경이었다. 치마폭처럼 아늑했고 겨울 햇살이 포근히 쬐는 아랫목 같은 정감이 서려 있었다. 와서 보니 서울에서 가까운 근교이고 북한산 자락에 붙어 있어서 굳이 사패산으로 독립된 것이 특별했다. 산 형질이 특이한 점 때문인 걸가 처음 만남부터 신기했던 그 감회는 지금까지도 잊혀 지지 않는다.

하나의 돌로 된 몸집의 바위라고 하기보다 정교하게 다듬어 놓은 듯 부드럽게 골이 지게 흘러내린 것이 신기했다. 우리의 친구 등산 전문 박사인 K선생 안내가 지금 생각해도 고맙다.

그 후로 한참동안 사패산은 말이 많았다. 터널을 뚫어야 하는데 환경단체의 반대가 있었고 한 여승이 단식을 하면서 도룡용이 죽었느니 살았느니 말이 많았다. 그 바람에 국가적으로 막대한 손실도 있었다고 한다. 나도 늘 궁금했다.

지금은 사패산 터널이 관통되었다고 하니 더 많이 궁금하다. 치마폭 같았이 아름다웠던 그 절경, 조물주가 마음먹고 다듬었을 듯한 경관을 혹시 훼손하지나 않았는지 정말 궁금하다.

터널은 산 속을 파서 통과하는 것이지 산을 훼손하지는 않을 것이라는 내 스스로 최면을 걸듯 위로해 본다.

그때 겨울 산행인데도 치마폭처럼 퍼진 돌 위에 우리는 그 치맛자락 뒤폭인지 끝자락쯤에 모여 앉아 겨울 햇볕이 드리워지고 추위도 바람도 막혀진 아늑한 곳에 자리를 잡고 K 선생이 가져온 보온병에 따뜻하게 데워진 정종을 한 잔씩 나누어 마셨는데 그 맛이 어찌나 달콤하면서 매력적인 감칠 맛이었는지 아직도 그 맛을 잊을 수가 없다.

왕년에 본 영화(러브레터)에서 조난당한 애인의 2주기 추모식을 눈이 펑펑 쏟아지는 산에서 맞이하는데 거기서 모인 사람들은 뜨끈한 정종을 나누어 마시는 추모식 순서가 있었다. 그들도 정종 맛이 그렇게 맛이 있었을까?

나의 사패산 추억은 그 전이었던 것 같다. 우리는 그때 아무도 영화 러브레터 이야기를 하지 않았다.

영화 속에서 사람들이 마시는 정종은 죽은 지를 그리워하고 기억하면서 또 산자를 위로하기도 했다. 영화는 연인을 그렇게 잃어버리고 연인의 죽음이라는 비극이 없었다면 그토록 아름다운 이야기가 만들어질 수도 없었을 것이다. 여자 주인공이 죽은 애인을 못 잊어 "오겡끼 데스까?"(잘 지내고 있나요?) 그 목소리가 메아리로 되돌아오는 그 장면이 못내 잊혀지지 않는 명장면이었다.

겨울 사패산 바위 치마 자락에 쌓여 앉아 마시던 따끈한 정종 맛이 그립다기 보다 정종맛 같은 추억이 몸부림치게 그립다. 영화 러브레터를 다시 보고 싶다. 좀 더 인간의 삶과 죽음에 비중 있는 가치를 생각해 보고 싶다. 사패산에도 다시 가고 싶다.

멀리 떠난 K 선생도 "잘 지내고 있나요"

자상한 남편 무능한 남편

어렸을 때 우리 집 부엌 바닥에는 앙증맞은 의자가 있었다. 어머니가 아궁이에 불을 땔 때 편히 앉을 수 있도록 아버지가 손수 만든 앉은뱅이 나무의자였다. 그 외에도 튀김할 때 쓰도록 긴 나무집게를 만들기도 했고, 집안 곳곳이 아버지의 손길로 다듬어진 것을 알 수 있었다. 언제나 말없이 누가 요구한 것도 아닌데 당신 스스로가 집안에 불편한 점이나 문제점을 찾아서 편리하도록 만들기도 하고 고쳐 놓기도 하셨다.

또 일 년에 한 번씩 가을이 가기 전에 문마다 창호지를 갈고 벽지가 오래되면 도배하는 일도 아버지는 직접 했다. 지금 생각해도 전문적인 기술도 없으면서 매사에 노력하는 분이었다.

그때만 해도 부모님 세대는 남존여비 사상이 그대로 존재하는 마지막 봉건시대라고 할 수도 있는데 아버지는 모든 일에 합리적이고 매우 과학적인 사고방식을 가지신 것 같았다.

　퇴근 후 귀가시간도 정확하고 매우 모범적인 가장이었으며 우리 형제들에게는 상식은 물론이고 학교에서 배우지 않은 등산이나 자연과학에 조예가 깊으셔서 특별한 관심으로 이끌어 주셨다. 아들딸을 구분하지 않는 선진된 생각의 소유자이었으며, 자상한 가장이요, 멋쟁이 신사였다.

　나는 지금 아버지의 너무도 대조적인 남편이지만 흉을 볼 생각은 추호도 없다. 왜냐하면 그 역시 집에 오면 가족에게 자상하고 아들딸 사랑에는 바보 호칭이 아깝지 않을 만큼 헌신적이고 가족 사랑에는 둘째 가라면 서러워할 사람이다.

　아들이 어릴 때 야구하겠다고 하니 그때만 해도 우리는 구경도 못한 야구 장비를 갖추어 주었다. 볼 헬멧 배트 글로브 스파이크 슈즈 얼굴 마스크 몸통 보호대까지 일습으로 구비해 적극적으로 밀어 주던 대단한 관심과 사랑을 쏟던 생각이 난다.

　운동을 좋아해서 귀가시간이고 휴일을 몽땅 쏟아 붓고 늦게서야 돌아오는 것은 아버지와는 전연 다른데 그래도 옹서翁壻간에는 서로 의기투합이 잘되고 닮은 점이 있기도 했다. 월급봉투 정확히 갖다 주는 정도 그 외 집안일에 대해서는 완전 반대인 셈이다. 오죽하면 못 하나도 박아본 적이 없었으니 더 이상 가장으로서의 자격을 바라고 싶지도 않은 것은 사실이다.

　그래도 못 하나 박을 줄 모른다는 말에는 매우 민감한 반응을 보일 뿐 아니라 극구 변명하려고 애를 썼다. 자신은 못을 박을 일도 없었지만 기회마저도 아예 있어 본 적이 없었다는 것이다. 그건 맞는 말이다. 사실이지 맨날 늦게 다니는 사람을 기다려서 밤중에 못을 박게 할 일이 있을 수도 없으니 말은 맞는 말이나 듣고 보니 지금까지 참았던 속이 좀 상하려고 한다.

그동안 아이들도 다 크고 우리도 가는 세월에 젊은 날이 마냥 머물러 주지도 않고 직장에서 정년퇴임을 맞으니 오랜 떠돌이 나그네 인생도 조용히 집으로 돌아왔다. 떠돌이란 표현은 좀 지나친 감이 있으나 그동안 임무를 무사히 마치게 된 것은 감사할 따름이다.

이제는 못이라도 박을 기회가 생기지나 않을까 하는데 자식들이 멀리 가 있고 또 가까이 있어도 모두 바쁘다 보니 자주 만나는 것도 아니고 저희들 사진이라도 보면서 그리움을 달래자고 거실에 액자를 걸기로 했다. 자연스럽게 기회는 오게 되었다. 못 박을 일이 생겼다. 키도 크고 오랫동안 운동으로 단련된 팔은 드디어 오늘 당당히 가장으로 빛을 발휘할 수 있는 좋은 기회가 왔다.

내가 대충 알고 있는 그동안 즐기던 운동 종목만 해도 야구 포수로 활약했던 학창 시절, 직장 대항 배구 전위 쎈터며 농구도 했다고 한다. 소프트 볼로 하는 정구, 다음은 하드 볼로 하는 테니스, 그 다음은 골프로 지금까지 필드는 물론 인도어까지 365일이 운동하는 날이다. 이 정도면 팔의 힘은 완벽(?)하게 준비는 되었다.

"못 좀 박아 주세요."

참으로 오랜만에 가장의 역할이 주어지는 기회요, 드디어 진가를 발휘하게 되는 순간이다.

가정을 이룬지 벌써 50년이 가까웠다. 세월은 그동안 쌓인 것인지 흐른 것인지 이제서야 그 귀한 기회가 찾아왔다. 감격스럽다고 해야 하나 조금은 행복하기도 했다.

아파트 거실 콩크리트 벽에 위치를 잘 잡고 못을 대고 정 조준으로 내리쳤다. 첫 한방이 중요했다. 마땅히 박혔어야 할 못은 번쩍 빛을 한번 내는 것 같더니 튀어 달아났는지 날라 갔는지 자취를 감추고 행방이 묘연했다.

긴장했는지도 모른다. 주눅이 들었을까 아니면 뭘까? 그 오랜만의 기회를 성공적으로 이끌지 못하고 말았나. 낭패한 모습 실망한 모습 어쩌면 이상 야릇한 부끄러운 듯한 눈치 같기도 했다.

콩크리트 벽에 못 박기란 쉬운 것은 아니었다. 힘도 힘이지만 첨예한 기술과 요령이 필요하다는 사실을 깨달았는지 오랜만에 마누라 앞에서 자존심도 그렇고 절호의 기회를 놓친 안타까움은 내가 보기에도 민망했다. 눈이 마주치자 난데없는 웃음보가 나도 모르게 터졌다. 얼마나 웃었는지 눈물이 다 나오고 그 밖의 현상도 있었지만 다행이 배꼽은 빠지지 않았다. 무엇이나 숙달과 요령은 오랜 경험만이 만들어질 수 있다는 것을 그도 깨달은 것 같았다.

위대하고 아름다운 도전

어린 시절 나는 어른들의 전유물이었던 바둑판을 놀이감 정도로 생각하고 사랑방에 가서 혼자 흑백 돌로 장난도 하고 알 수 없는 나 혼자의 세계로 빠져 집을 짓고 놀기를 좋아했다. 그때 유일하게 바둑을 조금 알고 있는 남동생하고 바둑놀이를 하였는데 동생은 어른들이 두는 바둑을 보고 겨우 바둑의 물미를 트는 중이었다. 나는 그냥 동생한테 배운다기 보다 따라 흉내를 내는 정도였다.

학교 갔다 오면 바둑판이 있는 사랑은 의레 우리 남매 바둑 연습 장소가 된 셈이다. 고작 바둑돌로 둘러싸고 상대의 돌을 들어내는 것이 재미있었다. 때로는 한 수 때문에 물리고 밀치고 뺏고 하다보면 양보가 안 되고 싸움이 된다. 끝내는 돌을 집어 던지고 판을 뒤업고 확 흩어버리는 흑백전이 벌어지고 그때마다 빨리 방을 빠져 나오는 것이 분풀이가 되었던 적이 한두 번이 아니었다.

그렇지만 시간이 항상 남아도는 그때 그 시절은 학원도 없고 별 취미를 찾지 못하고 있는데 바둑은 관심이 가는 놀이가 될 수밖에 없었다. 어린 우리를 상대해 줄 사람이 없으니 바둑놀이는 하고 싶고 하는 수 없이 절대로 싸우지 않겠다는 약속을 철석같이 하고 다시 시작하지만 결과는 언제나 흑백전으로 마감이 되기 일쑤였다.

지금 생각하면 그때 그 흑백전이라도 많이 했으면 나의 바둑 실력은 거기서 머물지만은 않았을 텐데 후회가 되기도 한다. 곧 6.25 전쟁이 나고 세월은 그렇게 흘러 버렸다.

이번 이세돌 9단과 알파고의 세기적 대국을 보고 있으려니 그동안 잊고 살았던 바둑에 대한 추억이며 만감이 교차했다.

동아일보 바둑란에 바둑 해설을 연재하던 장찬문 국수 3단은 집안 할아버지셨다. 그 할아버지께서 우리 집에 오시면 동생 실력이 일취월장한다고 칭찬하면서 묘수도 지도해 주셨고 장차 자신의 뒤를 이을 사람이라고 격려하면 동생은 물론이고 부모님은 더 좋아하셨다. 나는 실전에는 영 재주가 없었고 할아버지의 해설을 항상 재미있게 읽었다.

바둑의 묘미가 잘 표현되고 흑백의 대국을 언제나 삼국지에 전개되는 적벽대전에 비유될 때가 많아 항상 흥미로웠다. 한 수 한 수의 접전은 제갈량 주유의 계략과 지혜가 동원되기도 하고 조조의 지략이 자주 등장하여 때로는 대륙의 격전지가 전개될 때는 너무도 황당하지만 재미있었다.

이세돌 9단과 알파고의 대결에서 인간의 저력과 위대함이 너무도 감동적이었다. 이세돌 9단이 첫 대국에서 알파고의 능력을 오판했다고 패배를 겸허하게 자인했을 때도 한국 기원은 상대 기계 알파고는 이세돌 9단의 모든 지략과 묘수를 연구해서 이길 수 있는 확률을 입력한 상태이니 정보의 불균형이라고 항의했다고 한다. 2국에서 초반 기회를 놓친 점이며 3국에서는 그도 사람인지라 압박감 부담감 능력 부족을 시인했다. 그러나 이 세돌의 결의 있는 말 한마디는 나의 가슴을 너무도 감동으로 몰았다.

이 대국은 이 세돌의 패배이지 결코 인간의 패배는 아니라고 말했다. 아깝게 패배한 대국이지만 이렇게 감동스러울 수가 없었다.

다시 4국에서 모든 것을 떨치고 일어선 위대한 정신력에 감동은 물론, 승리한 소감에서 신의 경지는 아니었다. 분명 약점이 있었다고 했다. 이것이야 말로 인간의 승리였다. 여러 가지 악조건, 정보의 불균형에도 불구하고 해냈다. 구글이라는 거대한 공룡과의 씨름에서 승리한 기계와 인간의 감동 드라마이다.

기계 알파고는 감정적 동요나 두려움이 없는 물체이지만 청년 이세돌은 아내와 예쁜 딸이 있는 아름다운 청년이다. 그의 감정 속에는 딸과의 약속도 있었을 것이다. 손가락을 걸었다면 꼭 지켜주고 싶었을 것이다. 1200개 이상의 처리장치와 100여명의 구글 과학자가 연구 입력한 엄청난 말하자면 훈수꾼이 동원된 알파고가 아니냐! 그래도 이겼다고 자랑할 수 있을까?

어찌 되었든 이번 세기적 대결은 기계시대가 왔음을 알린 것이다. 기계는 다양한 인간 활동과 산업 분야를 잠식하고 공략할 것이다. 얼마나 많은 인간이 과연 편리하기만 할까마는 우리도 잃어버리는 것에 대하여 생각해 보아야 할 것이다. 오히려 재앙이 될 수도 있다는 무서운 생각이 든다. 그러나 인간이 기계를 만들었다.

위대한 인간은 더 위대함을 창출할 것이라고 믿는다. 이세돌의 무운을 빈다.

일등 남편들

여자들이 남편을 자랑하거나 흉을 보는 것은 남편에 대한 불만이나 만족이 새삼스러워서도 아니고, 그렇다고 아내의 내공에 새로운 변화가 생긴 것도 아니다. 다만 인생이 겪는 시간 속에서 변천되어 가는 아주 자연스러운 과정에 불과할 뿐이다.

그래도 축복할 일은 내 친한 친구 중에는 이혼이나 별거 같은 것은 없으니 참으로 다행이다. 더러 흉은 봐도 진실로 미운 뜻은 아닌 것 같다. 모두 천생연분이 아니고서야 반백 년이 넘도록 이렇게 한결 같을 수가 있을까.

이들 중에도 일등 남편이 있다면 있을 것이다.

누구일까? 진심으로 아내를 아끼고 도와주는 남편을 찾아 칭찬해 주고 싶다.

자는 아내를 깨우지 않고 아침 준비를 해 놓는 것은 말할 것도 없고 식후에 먹을 약과 과일까지도 챙기는 남편이야 말로 일등은 따 논 당상일 것이다. 밥상에서 생선가시까지 발라 주는가 하면 모든 것을 챙기는 애지중지 형이다. 그 외에도 집안 정리며 손재주가 많아 멕가이버로 추대된 것을 보면 세상에 못 하나 박을 줄도 모르는 남자도 있는데 이만하면 너무도 완벽하고 한 곳도 빈틈이 없는 훌륭한 남편일 것이나.

그렇지만 옥에도 티는 있듯이 타고난 성품은 고칠 수가 없어 한 번 씩 불같은 호령과 독선이 날벼락으로 내려치면 가장의 권위가 그토록 위대함을 보여주는 데는 일말의 여지가 없음도 알 수 있다. 이런 것은 다 가부장 시절의 잔재를 버릴 수가 없었던 아주 일상적인 습관에 지나지 않는다. 대개 권위 아래 사는 아내들은 틀림없는 보호 대상감이었다. 그래도 독재치하라고 불만이 있을까 관심도 없고 간섭도 없다면 물에 물 탄 듯 그날이 그날인 듯 지루한 인생 보다는 폭풍 지나간 뒤 신선함이나 엄동설한 후 맞이하는 봄을 왜 그렇게 예찬하고 노래하는지를 알아야 할 것이다.

바바리코트에 베레모, 육척 장신에 깨끗한 피부까지, 비행기에서 곧 바로 내린 영국 신사가 따로 없었다. 내가 그날 퇴근길 버스에서 만났을 때 토큰도 대신 내주는 다정다감하고 친절한 신사분이다. 나와 같이 퇴근하던 동료들은 도대체 이 멋쟁이 신사의 정체가 궁금해서 몸살이 날만큼 호기심에 찬 눈을 반짝거렸다.

최고의 지성을 갖춘 철학자요, 시인이기도 해서 학생들이나 여성들에게는 선망의 대상이 안 될 수 없었다. 친구 남편이지만 한번쯤 어디 가서 차라도 마시며 인간의 모순을 고민해 보고 싶을 정도로 멋이 있었다. 이런 멋쟁이는 가정에서는 어떨까 한마디로 자유인이라고 했다. 밥이 타는지 죽이 끓는지 관심이 없다고 한다. 그건 그렇다 쳐도 지금까지 월급을 온전히 가져오지 않고 혼자 써도 모자란다고 하니 한량이라고 해야 할지 배짱이 대단하다고 할지. 더 대단한 것은 가장으로서 권위가 대단했다. 그야말로 '남자는 하늘 여자는 땅'이란 말이 이 가정에 잘 어울렸다. 잘난 남자는 그 값을 꼭 하는 것 같다. 이렇게 되기까지는 친구의 책임이 크다고 할 수 있다. 멋쟁이에 홀려 존경하는 마음으로 오늘에 이른 것 같다. 참 그리고 보니 만족이나 별 존경을 모르고 지내 버린 나의 살아온 날들이 오히려 감사할 뿐이다.

이번 친구는 남편 자랑도 잘하는 편이다. 젊은 날은 돈도 많이 벌어 주는 의학 박사였고 취미 생활로 운동도 하고 법 없이도 살 수 있는 신사였으니 자랑할 만하다. 오죽하면 우리 남편은 한국 남자로 보기 드문 신사라고 했을까.

이분의 특색은 굉장한 미식가였다. 남편의 입맛을 맞추기 위해 친구는 음식에 대해 남다른 노력을 하면서 실지로 어지간한 것은 다 해 보았을 것이다. 복어 요리를 즐기는가 하면 중국식이고 청요리에나 나올 수준에 도전하는 실력이다. 미식가의 양념 취향이며 식재료 선정에도 까다로웠다. 그 맛을 위해 돌김이 나는 계절을 놓쳐서도 안 되고 또 거기에 맞는 계절을 기다려야 했다.

그러자니 남다른 노력도 해야 하고 신경도 써야 하고 육신도 고달프지 않을 수가 없다. 게으른 나 같으면 도저히 할 수 없는 일이다. 우리 남편도 미식가까지는 못 돼도 처음부터 안 되는 것은 안되는 게 아닐까? 차라리 덜 먹고 덜 신경 쓰고 덜 고달픈 쪽을 택하고 말 것이다. 손끝 하나 도움도 안 주면서 당신 입맛을 위해 아내는 너무 힘들었다. 아무리 자상하고 민주적인 남편이지만 화끈한 독재 아래 폭동 한 번 꾀고 상쾌함을 맛보고 미는 것이 훨씬 자유롭고 여유 있지 않을까?

이분은 지금도 청년이다. 나이를 거꾸로 먹는다고 하면 그만큼 젊음을 유지했고 건강을 지켰다는 칭찬이다. 실지로도 젊다. 도대체 그 젊음의 비결이 뭘까. 친구 말은 자주 씻고 간섭 받지 않는 행동이 특색이라고 했다. 깨끗하면 건강할 것이고 간섭 받지 않는 자유의 영혼은 역시 건전한 정신이 아니냐.

나는 이번에 직접 방문해서 그분의 젊음의 비결을 알아냈다. 아주 열정적인 공부하는 모습에 그만 놀랐다. 청춘의 명약은 학습이라고 한 어느 학자의 학설이 바로 명중한 사실에 또 감탄했다. 돈이 불결해서 만지기 싫어 세어보지 않고 건네준다고 하니 너무 멋있었다. 세상의 아내들은 돈을 그렇게 세지 않고 뭉치 돈 한 번 받아보는 것이 꿈이 아닐까.

황금 보기를 돌과 같이 했던 옛 성현의 후예답다. 그 결백한 성품은 정치나 나라의 중책에 추천하고 싶다. 세상의 부패를 척결할 수 있는 인재를 발굴하지 못한 것은 국가로서 지대한 손실이 아닐 수 없으니.

아직 젊었고 은퇴는 안 됩니다. 생각만 해도 가슴이 뜁니다.

아내를 도와 가사에도 만능이시지만 가장의 권위나 독선은 찾아볼 수 없는 민주주의 가장. 권위를 세워야 존경 받는 시대는 이미 구세대 유산이지요.

아내의 간섭이나 의논 없이 독단적인 행동은 언젠가는 스스로 외로워 질 수도 있으니 더 늦기 전에 아내들의 노고에 버금가는 아량을 베풀어 주세요.

'아내 말만 잘 들으면 자다가도 떡이 생긴다는데, 개성 있는 가장님들 우열이 어떻게 있겠소. 다들 당신네들은 일등 남편들입니다.

건강하십시오.

깊어가는 가을밤

계절이 계절인 만큼 이 가을에 좋은 콘서트를 감상한다는 것은 분명히 삭막할 수도 있는 정신건강에 더할 나위 없는 위로였고 구원이 되었다. 마에스트로 정명훈이 지휘 감독하는 아시아 필하모닉 오케스트라 연주회는 참으로 오랜만에 맞아보는 가슴 뜨거운 감동의 무대였다.

1부에서는 베토벤의 피아노 협주곡 제5번 〈황제〉이고, 2부에서는 역시 베토벤의 대표곡이라 해도 손색이 없는 교향곡 제5번 〈운명〉이었다. 딱 두 곡이었다. 많은 레퍼토리였다면 더구나 음악에는 문외한인 주제에 매우 혼란스러 울 수도 있었지만 모처럼 좋아하는 곡을 이렇게 감동으로 감상하기는 처음인 것 같았다.

전에도 기회는 있었는데 이어지는 곡에서 어디쯤에 손뼉을 쳐야 할지를 몰라 쩔쩔 매기도 했던 웃지 못할 헤프닝도 있었다. 오늘 살아 있는 연주는 참으로 명지휘자의 능력을 다시 한 번 실감할 수 있었다.

인간이 추구하는 예술의 경지는 무한할 수밖에 없다는 사실도 알 수 있을 것 같았다. 지고지순의 아름다움을 위해 창조하고 표현하고 발견하고 추구하려는 고뇌와 노력의 활동이 바로 예술이고 그 예술은 심신을 회복해 주고 또 행복하게 해주는 것만으로도 틀림없는 높은 수준의 예술임을 절감케 했다.

제1부 피아노 협주곡 제5번 〈황제〉는 베토벤이 지인을 위해 쓴 곡인데 이미 일상생활이 불편할 정도로 귓병이 악화되어 자신이 직접 초연도 하지 못할 정도였다고 했다. 저토록 화려한 피아노 협주곡은 박진감뿐 아니라 그 선율이 아름답고 황홀해서 오히려 울컥할 정도의 감동으로 치받혀 올랐다. 이렇게 아름다운 작품을 완성하는 데는 고뇌 이상의 아픔은 얼마였을까? 더구나 청각 장애를 극복한 힘은 도대체 어디서 온 것일까? 원곡도 훌륭했지만 마에스트로의 또 새로운 고뇌를 거친 재탄생이 피아노 협주곡을 더욱 빛나게 했다.

20분 휴식은 연주자 자신들도 꼭 필요했지만 관객에게도 감동과 긴장에서 숨 고르기가 필요했던 것도 사실이었다.

제2부 교향곡 제5번 〈운명〉은 베토벤의 9개의 교향곡 중에도 유명한 곡이다. 그의 모든 음악을 대표할 만하기도 했지만 나에게는 유일하게 아는 곡이여서 더 반가웠다. 제일 첫머리에 울리듯 나오는 유명한 '바바방' 하고 시작될 때는 언제나처럼 설레이기도 했지만 가슴 울리는 감동은 또 다른 이상향을 열기라도 하는 것 같기도

했다. 그야말로 운명처럼 시작되었다.

베토벤 자신이 운명은 이렇게 문을 두드린다고 해서 〈운명〉(교향곡)이라는 이름으로 불렀다고 하니 더더욱 가슴이 두근거릴 정도로 반갑고 감격스러움에 연주곡 〈운명〉 속으로 빨려들지 않을 수가 없었다. 물론 악성樂聖 베토벤의 음악이지만 백 명 가까운 아시아 필하모닉 많은 단원들이 각기 다른 악기로 저마다의 자리를 지키며 자기 몫을 예술로의 승화를 향한 직업이 참으로 진지했다. 여기서 지휘자 정명훈은 어쩌면 하나하나 고운 올의 명주 파람을 한 가닥씩 끌어올리기라도 하듯 당겼다 늦추었다, 때로는 춤을 추는 듯도 하고 폭풍 같은 감각으로 소리 올들을 잡았다 폈다, 또는 잠드는 바다를 만들었다가 흰 파도를 부서지게도 하는 마력을 펼쳤다.

거대한 새로운 창조를 덧입혀 운명을 다시 개척하면서 이것이야말로 또 다른 새로운 창조의 한 순간이기도 했다.

참으로 어디까지가 예술인지 어디까지가 인간인지 지휘자는 자기 속에다 자기 것으로 된 〈운명〉을 하나하나 요리해서 내 놓고 있었다. 세계 최고의 솜씨로 많은 관중의 혼을 빼버릴 만큼 현란하다 못해 소름 돋는 경지로 안내했다. 훌륭한 연주였다. 감명 깊은 연주였다. 아름다운 밤이었다.

인간은 실수도 할 수 있다. 그것은 신이 아닌 인간이기 때문이다. 그러나 공로는 위대할 수밖에 없다. 용서하는 방법도 있다는 것은 얼마나 아름답고 감사하냐.

예술로 승화되기까지 뼈를 깎는 인고의 세월은 거룩했기에 아름다웠고 감동적이고 그래서 우리는 심신을 회복받을 수 있었다. 위로 받고 행복했다. 그리고 감동했다.

　세상에 죄 없는 자가 있으면 나와서 돌로 치라고 한 말이 한없이
떠오르는 깊어가는 가을밤이었다.

내가 나를 모르는데

요즘은 평균 수명도 80이 넘지만 그런 대로 살아온 세월을 돌아보니 참으로 열심히 산 것 같다. 아니 치열하게 살았다는 것이 더 맞는 것 같기도 하다. 나는 본래 성격이 모질거나 또는 냉정하지도 못하다. 그렇다고 온순하거나 희생적인 것에도 자신이 없다. 그럼 무엇일까? 어디에 해당될까?

물에 물 탄 듯 술에 술 탄 듯 맺고 끊는 것도 잘 못하는 주제에 그렇다고 끈기가 남다른 것도 아니다. 아무리 생각해도 자신 있게 이거다라고 단정 짓기에는 너무 부족하다. 그럼 뭘까? 그건 나도 잘 모르겠다. 내가 나를 모르는데 누가 나를 알까마는 그래도 돌아보니 나름 치열(?)한 삶이었던 것은 틀림없다.

열심히 살 수 있었던 것은 별 탈 없이 건강했고 낭비하는 시간 없이 어떤 일이든지 시작했다 하면 열심히 노력했던 것은 사실이다.

그리고 그 일들은 하다보면 한결 같이 재미가 있었다. 열심히 딴 생각 없이 몰두할 수 있었던 것은 가족의 이해와 사랑이 받침이지만 또 언제나 좋은 친구가 있어서 유대 이상의 뜻을 모을 수 있었던 것이 가장 중요한 나의 힘이 되었던 것이다.

지금도 잦은 나들이지만 집으로 돌아갈 때는 언제나 몸과 맘이 설렘 이상으로 바쁘다. 가정사라는 것은 끝도 없지만 해도 해도 별표도 없다. 그렇다고 철저하지도 못하고 능력 있게 처리하지도 못한다. 이제는 두 식구가 그저 건강에만 전념할 수 있는 것으로도 감사하고 있다.

세월을 돌이킬 수는 없지만 아직은 그 어떤 것도 해오던 그대로 다 할 것 같은데 등산은 이제 자신이(?) 없다. 높은 산을 오른다는 것은 무릎에 무리가 올 수도 있고 그 외에도 용기가 나지 않는다. 서운하지만 어쩔 수 없다.

등산 하면 악산으로 유명한 치악산인데, 지금 회상하면 겨울 등산은 아니었을 텐데 봄인지 계절은 기억나지 않는다. 등반을 하고 보니 얼음이 그대로 있었다. 깊고 험악한 악산의 비밀이 바로 그런 것이었다. 곳곳에 빙벽이어서 얼마나 미끄러지고 굴렀는지 용케도 다치지 않았던 것은 지금 생각해도 아찔한 경험이었다.

그 외에도 설악산 황악산 월악산 등 한국의 악산을 섭렵했던 것도 재미있었다. 감동의 백두산은 물론이고 중국의 황산이며 히말라야 등 다 잊을 수 없는 치열한 내 삶의 자랑스런 단면들이다.

그중에 가장 잊지 못할 것이 소백산 등반이었다. 그때 그토록 산을 찾을 수 있었던 것은 체육 진흥회에서 산악회를 운영하면서 매

주 1회 정기적으로 등산 행사가 이루어졌다. 그날은 직장인들의 사정을 고려해 토요일 밤 무박으로 출발하여 죽령재에 도착한 다음 간단한 식사도 하고 새벽 3시에 소백산을 올라가는데 이미 언제 온 눈이 쌓여 무릎까지 푹푹 빠지는데 버스 2 대의 인원이 모자에 달린 렌턴으로 앞을 비추면서 일렬로 눈에 빠져 가면서 산을 오르는데 아마 맨 앞에는 길을 잘 아는 길잡이가 있었던 것 같았다. 밤 등산이지만 한 사람도 헤매거나 낙오되는 일도 없이 일사불란하게 질서 정연 했다. 철저한 계획과 준비 아래 이루어지는 행사였다. 지금 생각해도 그때 그 모험은 내 생애에 대단한 영감과 희열로 잊혀지지 않고 있다. 아니 잊혀 질 수가 없는 빛나는 나의 이력의 한 페이지라고 할 수 있다.

실지로 소백산은 능선이 험하지 않은 편이고 수려한 아주 아름다운 산이라고 볼 수 있는데 그러니 위험한 절벽이나 험악함보다는 부드러운 산이라고도 할 수 있다. 우리 일행이 연화봉과 국망봉까지 올라갔을 때 해가 뜨는 쪽을 동해라고 하니 구름 속 동해를 짐작으로 볼 수 있었고 온 산이 눈꽃으로 그 아름다운 장관은 자연의 위대함에 그토록 숨 막혀보기도 처음이었다.

상고대의 화려한 장식을 한 산상에서 일행들은 저마다 격앙된 감정을 안고 국망봉 앞에서 준비해 온 떡을 내려놓고 산신제(?)를 올린 다음 그 떡을 나누어 주는데 떡이 얼어서 먹을 수가 없었다. 그때서야 모두들 감동에서 헤어난 듯 정신을 차리니 바람도 차고 갑자기 추위가 엄습했다. 다시 일행은 산을 내려오는데 이번에는 출발지 죽령재 쪽이 아닌 충북 단양 쪽으로 내려가게 되었다. 우리가 타고 온 버스는 그쪽에 이미 와서 기다리고 있었다. 버스에 기진맥진 올라 탔을 때는 오후 2시였던 것으로 기억된다.

벌써 오랜 세월이 지났지만 지금도 가슴이 뛸 만큼 아름다웠던 상고대가 찬란하고 신비하게 잊혀지지 않는다.

그때는 젊기도 했지만 용기도 있었다. 젊음이 용기인지 모르지만 지금도 다른 건 언제라도 다시 할 수도 있고 도전이 겁나지 않는데 그 아름다웠던 밤 등산은 다시는 허락되지 않을 것 같다. 누가 청춘은 어느 기간이 아니고 마음먹기라고도 하지 않았는가. 지금은 용기가 부족해진 건지 아니면 겁먹고 용기를 펴 볼 수 없는 것인지 내가 나를 모르는데 누가 나를 알까.

접시꽃 20 F 장지채색

구선녀 九仙女

팔선녀도 있다는 이야기는 들어본 것 같은데 세상에는 딸만 낳은 숫자를 칠공주니 육선너니 하면서 그 시절 너무도 어처구니없었던 일로만 생각했기에 동정하는 뜻으로 그렇게라도 불러준 것 같다.

우리집은 다행인지 오공주 밖에 되지 않아도 어머니는 아들이 늦어서 그토록 애를 태우다가 남동생을 보게 되어 그나마 위기일발을 모면한 정도였으니 아들은 태어났다는 그 하나의 사실만으로도 효도는 이미 해드린 것이 되었으니 과연 아들이란 존재는 참으로 위대하지 않을 수가 없었다.

어머니는 자신이 아들을 낳은 것이 신기해서 자다가도 감사하고 생광스러웠다고 하신 걸 보면 그 시절 남아 선호사상이 얼마나 뿌리 깊었을까 짐작이 가고도 남을 일이다. 이 모든 것은 다 오천년 역사 이래 한 세대 전까지도 있었던 웃지 못할 애환이었지만 지금은 거의 다른 세상의 이야깃거리가 되었다.

내 친구네는 자그마치 딸이 아홉이니 더구나 종가에 대를 잇자면 종부의 임무 중에도 제일 첫 번째가 아들을 기필코 낳아 대를 이어야 하는데 딸 아홉 구선녀九仙女였으니 그 댁은 오죽했을까. 당사자 종부이신 어머니의 고충은 감히 헤아릴 수도 없을 뿐 그 애간장이 오죽하셨을까. 어른들의 기대도 기대지만 아들 못 낳는 책임을 여자에게만 놀렸던 그때는 바로 미싱 전혹시대였으니 하고 살 수밖에 없었지만 하늘이 도와 이 댁에도 아들이 탄생되었다.

종가의 경사는 말 할 것도 없고 희망의 새 역사가 다시 창출되었을 것이다. 감사한 일이다.

이렇게 딸 많은 집 귀한 아들은 얼마나 대단할까마는 그토록 귀하게 얻은 아들이고 소중한 자식이지만 부모님은 끝까지 지켜줄 수도 없는 것 또한 부모와 자식 간의 가장 애달픈 인연이 아닐까 싶다. 인간사가 자연이거늘 자연의 섭리는 참으로 가혹했다.

제일 큰 딸 맏언니도 이제는 연세가 높지만 친정 여러 동생들을 챙기고 보살피면서 부모님의 자리를 대신하는 대장으로서 이 시대에 보기 드문 지도력과 사랑으로 이끄는 따뜻한 풍경은 이 댁만의 독특한 가풍인 것 같다. 요즘 같은 사회에는 더욱 귀감이 되고 남을 일이다. 한없이 부럽고 귀한 광경이다.

큰언니의 동생들 사랑도 대단하지만 동생들도 한결 같이 맏언니를 따라 우애가 놀랍다. 특히 그 귀한 남동생의 누님들에 대한 향념向念과 존경과 깊은 애정은 아무리 부모님을 대신한다 해도 그토록 정중하고 바를 수가 없다. 이러니 내 친구의 동생 자랑은 끝이 없는 것도 무리는 아니지만 옆에서 봐도 정말 훌륭하다. 아홉 딸 속의 아들이면 얼마나 소중하고 귀한 왕자로 자랐을 것이며 더구나 부잣집 금수저로 세상에 부러울 것 없는 왕자가 저토록 예의 바르고 젊은 분이 요즘 사람답지 않게 종손으로 무거운 책임을 훌륭히 감내해 낸다는 것만으로도 대단하다.

또 이 종가에서는 해마다 8월 15일 이면 아홉 딸을 위시한 십일 남매와 그 후손들이 다 모여 세상에서 보기 드문 아름다운 행사(열친회)를 하고 있다. 역시 큰언니를 구심점으로 한 사람의 이탈자도 없이 우애와 친목을 나누니 종손의 역할이 대단하고 빛나는 이 댁만의 자랑꺼리다. 지난 번 고택 음악회가 있어서 가 봤는데 시골 고택 마당에서 더구나 밤에 하는 행사인데 천명 가까운 관객이 불편하지 않을 정도로 준비가 완벽했고 행사를 거뜬히 치루는 솜씨는 과연 놀라웠다. 종손의 대단한 능력을 보고 온 셈이다.

간재 종택은 원래 훌륭한 불천위不遷位 조상을 모신 종가로서 선대로부터 이어오는 덕행과 가르침이 있었기에 더욱 빛났던 것 같다. 친구는 항상 이런 남동생을 자랑하면서 동생을 보필하는 동생댁이 종부로서 더 훌륭하기 때문이라고 했다. 맞는 말이다. 남자가 큰일을 하는 데는 아내의 내조가 언제나 중요하다. 천하가 다 아는 사실이다. 서로 칭찬하고 격려하는 놀라운 우애는 바로 간재 종택 사람들의 본성인 것 같다.

생전에 선대 종손 아버님께서 하신 말씀 중에 가슴 울렸던 잊혀질 수도 잊을 수도 없는 말씀이 있었다. 늦게 본 아들이 얼마나 귀중했으면 설혹 내 아들이 불효해서 자기를 내다 버린다 해도 당신은 조상 앞에 가서 떳떳하게 대를 잇고 온 사실에 감사할 뿐이라고 하셨을 정도로 그 댁 아들은 위대할 수밖에 없었다. 새삼 그 아버님의 종손으로서의 책임감, 지극한 효심, 진정한 선비정신은 위대한 아버지에 위대한 아들은 당연한 것 같다. 왕대밭에 왕대가 나는 당연한 이치였으니까.

아직도 친구의 추억 속에는 그 동생이 세상에 태어나던 날이 어제같이 생생하다. 어머니가 산기로 고심할 때 아버지께서는 그 많은 딸을 맞을 때마다 실망했던 기억을 주체할 길이 없으셨던지 당신 팔자에 아들이 있기는 할까? 또 딸이면 어쩌나 하는 불길한 마음을 걷잡을 수 없으셨던지 그냥 기다릴 수가 없어서 너무도 절박한 현실이 다시 전개되지나 않을까 무서운 나머지 의관을 갖춰서 황급히 도망치듯 집을 나가셨다.

그때 산실에서 아들이라는 소리에 마침 외가에 와 있던 고종이 시키지도 않았는데 이 기쁜 소식을 외삼촌께 전하려고 뛰어가 보니 벌써 외삼촌은 저 멀리 바람같이 가고 있었다. 고종은 숨이 끊어지듯 뛰어가서 큰소리로 "외아재요. 아들입니다. 아들이래요." 목이 터져라 외삼촌을 불렀지만 거짓으로 당신을 위로하는 줄 알고 "거짓말하지도 말아라! 또 딸이겠지." 하시며 더 빠른 속도로 뒤도 돌아보지 않는데 소년인 생질은 따라가면서 "아들이 맞다고요. 고추가 맞다고요." 애원하듯 외삼촌을 붙잡았다는 웃지 못할 에피소드를 들려 줄 때 우리는 다들 재미있다고 배꼽 잡고 웃었지만 웃다가 보니 모두 눈물이 글썽했다.

정말이지 인생사는 희극인지 비극인지 알 수가 없었다. 얼마나 기다린 아들이었을까. 눈물 나는 잔혹사는 이것뿐일까마는 대를 이어야 하는 책임감이 불러온 헤프닝에 불과했다.

젊은 종손은 기대에 부응하는 아들이었으니 하늘나라에 계신 부모님도 이제는 더 없이 편안하실 것이다.

구선녀들은 출가외인이고 노老딸네가 되었지만 간재 종택에서 홀륭한 울타리가 되어 모두 열심히 돕고 웃음꽃이 잦아들지 않는다. 구선녀九仙女들은 하나 같이 행복해 보였다.

우리가 물이면 새암이 있고

가을이 온다는 것은 반갑지만은 않다. 그 지겹던 더위도 떠나보내는 것은 아쉽다 못해 서글프기도 하다. 자연의 변화나 인간사나 회자정리會者定離는 순리이거늘 어느 것도 영원할 수는 없는데 새삼 공허한 것은 무엇 때문일까.

얼마 전 요양원에 친척을 문안 갔더니 구십을 넘긴 고령인데도 부모님이 그리워 눈물 짓는데 그 외로움과 회한이 목을 메이게 했다. 이제는 삶을 정리하는 막다른 고비인 것 같은 데도 부모님을 향한 그리움은 더 이상 도리만이 아닌 승화된 인간으로서 가장 정제된 그을음같이 보였다.

일본뿐 아니라 세계를 감동케 한 100세 할머니 시인 시바다 도요 역시 부모님과의 추억을 한 장면도 잊지 못하는 그리움의 표현은 가슴을 저미게 했다. 100세에도 부모 자식 간의 천륜은 식을 줄 몰랐다.

　또 얼마 전 중국의 한 여성이 직장(교사)에서 정년퇴직을 하자마자 평소 어머니에게 못 해 드린 여행을 시켜 드리기 위해 손수레에다 어머니를 태워 직접 끌면서 중국대륙 관광에 나섰다고 한다. 어머니는 행복해 했고 딸의 지극한 효성은 온 중국을 감동시켰다는 기사를 보았다. 참으로 대단한 효성은 인간만의 전유물인 듯 위대했다.

　이번에는 미국 뉴욕에 사는 한국 동포 25세 미혼인 양진아는 2년 전 간암으로 세상을 떠난 아버지를 실물 크기로 사진을 만들어 세계여행을 시켜 드린다는 기사가 미국 대륙은 물론 온 세계를 감동으로 몰았다. 아버지는 일찍이 미국으로 이민한 한국인으로 치열한 이민생활과 가족을 부양하느라 해외여행 한 번 못한 것에 대해 뒤늦은 효도였다. 아빠 사진을 꼭 껴안고 파리 에펠탑을 배경으로 다정히 찍은 사진은 살아있는 것 같이 신문에 실렸는데 보는 내 가슴이 터질 듯 뭉클했다.

　얼마나 그리웠으면 아니 얼마나 애달팠으면 저렇게까지 했을까, 여행 한 번 못하고 고생만 하다가 떠나보낸 아빠가 얼마나 원통했으면 저토록 몸부림쳤을까, 얼마나 보고 싶고 그리웠으면 아버지와 꼭 같은 크기의 사진을 만들어 껴안고 다니고 사진 찍고 했을까, 얼마나 못해 드린 게 후회가 됐으면 저렇게라도 해야만 했을까, 얼마나 가슴이 아프면 저런 방법을 다 생각했을까, 이제 고향에도 가겠다고 했는데 살아생전 아버지는 고향이 얼마나 그리웠을까, 일에만 파묻혀 고향 한 번 못 가본 외로운 아버지의 향수를 영혼이라도 달래주고 싶어 딸은 직장에 사표를 내던지고 아버지의 한을 위로해 드리고 자신의 못다 한 효도의 한을 풀기 위해 세계여행을 나섰다 하니 딸의 기특한 마음이 얼마나 예쁜지. 지금 세상에도 이렇게 아름답다 못해 가슴 저린 사정이 있었다. 이 착한 딸을 아빠는 천국에서 또 얼마나 애잔해 할까 언제가 될지 모르지만 고향에 온다면 어떤 위로가 도움이 될까.

이보다 먼저 사실 신분에도 닌 적도 없는 일시지만 내 친구 남편도 세계를 여행하면서 제일 먼저 챙기는 것이 부모님 사진이라고 했다. 부모님을 모시고 관광을 하는 것이다. 해설도 같이 듣고 직접 보여드리기도 하면서 차를 타면 제일 뒷좌석에서 차창에다 사진을 대고 '저기 보이는 것이 알프스입니다' '저것은 에펠탑입니다' 설명도 해드리면서 끝까지 여행을 즐겼다고 했다. 같이 간 일행도 눈치채지 않게 언제나 조용히 혼자서 부모님과 함께 관광을 즐긴 것이다. 돌아와서도 부모님과 함께 한 여행을 행복해 했고 매우 뜻있는 여행으로 만족해 했다고 하였다.

다 늦은 인생을 정리해야 할 때인데 너무도 순수하고 아름다웠다. 부모를 생각하는 데는 나이가 문제될 수도 없지만 이토록 순진 무구한 어린이가 될 수도 있구나. 자식은 나이를 먹어도 부모한테는 항상 어릴 수밖에. 그 옛날 엄마 치마폭을 놓치지 않고 부엌이고 우물가이고 졸졸 따라다녔을 그때를 잊은 부모도 없지만 어느 자식인들 잊었을까마는 기억하고 기리는 자식이 과연 몇이나 될까. 강물이 역류하지 못하듯 사랑도 내리 사랑이니 자연의 순리는 당연하다고 봐야 하는지.

지금은 시대도 가치관도 허문 것이 사실이다. 평범한 가장이었고 젊은 날 어려운 여건에서도 남다른 노력과 근면 성실로 자수성가해서 일가를 이룬 입지적인 인물이지만 여러 남매 가운데 막내로 태어나 못다 한 효도가 더욱 부모님을 그립게 했을 것이다. 연로한 부모님은 막내아들의 성공을 기다려 주지 못 함을 얼마나 원통했으면 여행할 때마다 부모님을 사진으로라도 모셨을까!

이제는 그 효자도 그리운 부모님 곁으로 떠났다. 아내는 남편의 영전에 조용히 들려 드렸을 것이다.

"여보! 당신은 누구보다도 효자였습니다. 그 지극한 효성으로 이제는 부모님 앞에서 애닯고 서러웠던 막내로 갈급했던 사랑을 마음껏 받고 누리고 즐기고 행복하세요. 이 세상에서 못다 한 효도 마음 놓고 실컷 하고 어리광도 응석도 마음껏 부리고 딩굴고 행복하세요. 당신은 훌륭한 가장이었고 효자인 것을 저는 자랑스럽게 생각하고 존경합니다. 우리 다시 만날 때 까지 부디 안녕히 계세요."

가을 단상

　가을인가 했는데 어느새 낙엽은 굴러 쌓이고 나뭇가지는 앙상하게 드러나고 계절은 떠날 채비를 하는데 어제는 비가 오더니 오늘은 눈발이 날려 가는 가을을 재촉하듯 몰아세우고 있었다. 노랗고 빨간 단풍잎이 빗물에 색깔이 어찌나 선명하던지 도저히 그냥 지나칠 수가 없어서 몇 개 주워 책갈피에 꽂아 볼 양으로 골랐다. 이런다고 가는 가을을 잡아두기나 할까마는 누가 보면 저 늙은이 하는 짓이 역겨워 보일까봐 얼른 거두었다. 나이 든다는 것은 편할 때도 있지만 여간 성가스럽지 않을 때도 있다. 바로 나이 값이라는 처신인 것 같다.

　며칠째 글 한 줄 못쓰고 아니 써 볼 생각도 못하고 그냥 시간만 보내고 있었다.

　자주 다니는 길목 지하철 서점에서 책 구경을 하다가 신간 몇 권을 골랐다. 신문마다 서평도 있었지만 요나스 요나손의 장편소설 『창문 넘어 도망친 100세 노인』은 왠지 제목부터가 재미있어 보였고, 또 100세 노인이 도망친 일이 생동감으로 다가왔다. 내용도 재미있고 소설 구성이 하나도 지루하지 않고 끝까지 흥미를 갖고 빠져들게 했다. 45일간의 이야기인데 유머와 재치와 거짓말을 적당히 잘 버무려 놓은 악당소설이 읽는 끝까지 흥미로웠다. 작가의 처녀작 치고는 재미있었다. 또 한 권은 일본 작가 무라카미 하루키의 『여자 없는 남자들』인데 궁금한 제목이었지만 내용은 너무도 일본스런 평범한 이야기들이었다.

그 다음은 김진명의 "싸드"를 밤을 새워 읽었다. 오래전에 읽은 작가의 『무궁화 꽃이 피었습니다』와 비슷한 첩보물이었다고 할까 현 정객을 실명으로 거명 한 점, 한반도의 미사일 방어체계를 가상한 작가의 상상력이 작품의 특색이다. 역시 모든 예술은 창의성이 곧 그 가치를 논할 수밖에.

또 한 권은 영 읽혀지지 않아 덮어놓고 말았다.

요즘 책이 팔리지 않는다고 아우성이다. 물론 각종 매체들이 책을 읽게 겨를을 주지도 않지만 재미있게(?) 쓴다면 왜 안 팔릴까, 왜 안 읽혀질까, 나도 책을 써 봤지만 재미있게 또 잘 쓰기는 과연 어려웠다. 책뿐 아니라 모든 것이 다 그럴 것이다.

가을도 그렇다. 사계절 중에 가장 감사한 계절이기도 하지만 창의적이고 지혜로운 계절인 것 같다. 추억이 쌓여 그립다 못해 슬픈 계절이기도 한 것은 어쩔 수 없지만.

이맘 때면 겨울 준비의 하나로 문 바르던 풍경이 잊혀지지 않는

꿈1 6F 장지채색

다. 우리집은 문도 많았지만 문 종류가 다양했다. 창살이 많은 전형적인 한옥 문, 아(亞)자, 미닫이문 등 크고 작은 문들을 겨울 오기 전에 창호지를 다시 갈았다. 먼저 작업할 문짝을 떼다 놓고 물을 뿜어 묵은 종이를 불린 다음 깨끗이 떼내는 작업이 시작된다. 그 다음 새 창호지를 바르고 손잡이 앞 부분도 되고 가운데쯤이나 문마다 특색을 살려 국화잎으로 예쁘게 배열도 하고 무늬도 만든다. 그 위에 창호지를 덧붙이면 바로 작품이 끝난다. 다시 물을 살짝 뿜어서 가을볕에 자랑자랑 말리면 창호지는 팽팽하게 당겨져서 통통 맑은 거문고 소리가 날 만큼 팽창되어 투명할 정도로 맑아진다.

이 모든 것은 아버지께서 가을이 가기 전에 한 번씩 연중행사로 날 잡아 작업을 하셨다. 깨끗한 새 창호지로 단장한 문은 방안을 더 밝게도 했지만 아늑하고 포근하게 했다. 창호지의 조명은 그 어떤 조명과도 비교할 수 없는 한국 바로 우리 민족의 조명이라고 할 수 있다. 한복과도 잘 어울렸지만 그 고상함을 다시 생각해 봐도 우리 조상 우리 민족의 품격을 알 수 있었다. 그리고 새 창호지에서 풍기는 향긋함과 국화향이 함께 어우러져서 방 하나 가득했다. 어머니께서 그날은 새참이라도 준비하듯 맛있는 점심을 차리면 밥맛이 어쩌면 그렇게도 좋았는지. 세월은 흘렀어도 어제 일처럼 새롭다.

지금 생각해도 아버지의 작품(?)세계는 아름답기도 했지만 순수했고 단순한 가운데 멋이 있었다. 이듬 해 다시 문을 개비할 때까지는 집안 분위기를 한층 수준 있는 환경으로 정리를 한 셈이다. 좋은 그림 액자 하나 없었지만 방마다 깨끗한 창호지와 국화잎으로만 연출한 아버지의 솜씨는 보통 안목이 아니었다. 문인화 영역이기도 하고 그야말로 한국화적인 도안이라고 할까 아름다웠다. 예술이 따로 없었다. 수많은 세월이 흘렀건만 감동과 그리움은 지금도 간절하다.

창호지와 국화잎의 조화. 우리 조상들의 지혜가 바로 그것이었다. 창호지만이 통과시킬 수 있는 자연스런 조명은 한옥이기에 가능했다.

그토록 아름다웠던 가을을 다시 만날 수 없는 것이 슬프다. 가는 가을 앞에서 지난날이 몸부림치게 그립다.

슬퍼하지 마세요

전철역 스크린 도어에 있는 시詩를 읽다가 보면 마음에 감동이 오는 시를 만날 때가 있다. 그때는 시 한 수가 보석이라도 얻은 듯 기쁘고 반갑다. 그 자리에서 금방 외울 수도 없고 외워 지지도 않지만 베껴야 하는데 급히 볼펜과 수첩을 찾다 보면 전철은 어느새 도착하게 된다. 베끼지도 못하고 물론 외우지도 못하고 아쉬움만 안고 그냥 전철을 타고 만다.

생각하면 왜 그렇게도 꼭 그 차를 타야만 했는지, 언제나 시간에 쫓기는 내 행동을 내 자신 역시도 잘 모르겠다. 여유도 침착성도 부족하고 이렇게 허둥대기만 하다가는 내 인생도 빈 깡통처럼 속절없이 지나가는 것은 아닐까 우려될 때도 있다.

모든 것은 순서가 있는가 하면 또 무엇이 중요하고 덜 중요한 것이 분명 있을 텐데 뒤죽박죽이다. 약속 시간에 쫓기고 이번 차 놓치면 무슨 큰 낭패라도 당할 것 같은 강박감으로 어쩌면 시간의 노예가 돼 있는 것 같다. 그 현상은 집으로 돌아갈 때도 항상 마음이 급하고 조바심을 놓을 수가 없다. 이제는 시간에 매일 일도 없으면서 버릇이 돼 버렸다. 느긋이 시 한 수쯤은 감상하고 또 마음에 들면 베껴도 되겠건만 전철만 도착했다 하면 미친 듯이 다 팽개치고 차 속으로 빨려들 듯 타 버린다. 습관인지 아니면 자동화 돼버린 두뇌의 명령 작동인지. 그렇다고 좌석이라도 차지할 욕심이 있는 것도 아닌데. 더구나 민첩한 동작도 못 되면서 생각해 보면 여유라고는 눈곱만큼도 찾을 수 없는 삭막한 현상이 된 나를 볼 수밖에.

최근에 동생하고 처음 가는 역에서 「슬퍼하지 마세요」라는 시 한 편을 둘이서 읽었다. 한 번 읽은 다음 괜찮아서 베껴 볼까 하고 필기구를 찾는데 그날 따라 수첩도 볼펜도 없는 핸드백이었다. 차는 이미 홈으로 미끄러지듯 들어오기에 자동화된 나는 금방 모든 걸 쉽게 포기하고 차를 타려고 서두르는데 동생은 시를 베끼고 다음 차로 가자고 했다.

정말 그렇다. 시를 베끼고 천천히 가도 충분한 상황이 아닌가. 침착한 동생의 제의에 나는 저으기 놀라며 부끄러웠다. 동생이지만 평소 모든 면에서 항상 이 언니 보다 여유가 있었다. 그날도 나는 아무 것도 쓸 것이 없다고 하니 핸드폰에 써 보면 안 될까? 의견을 내는데 또 놀랐다.

핸드폰 사용이 원활치 못한 나는 실험 삼아 메시지 난에다 베꼈다. 기계치인 주제에 처음 시도한 것이다. 집에 와서 펴보니 아니나 다를까 역시나 기계치답게 날라가 버리고 없었다. 기계 다루는 데도 서툴렀지만 마음이 급해서 잘 못한 것 같았다.

시詩 내용은 꽃이 진다고 슬퍼하지 말라는 내용인데 한 구절도 외울 수는 없었다. 나는 기억력도 나쁘고 더구나 핸드폰 실수를 생각하니 덤벙되는 내 자신이 한없이 못마땅했다.

나는 요 몇 년 사이에 슬픈 일을 연달아 겪게 되고 보니 슬퍼하지 말라는 시를 보니 무슨 해법이라도 얻지 않을까 나의 이 슬픔을 해결하는 방법은 아니더라도 위로는 받을 수 있지 않을까 싶어 꼭 그 역으로 찾아가야지 하는데 그 쪽으로 다시 갈 일이 없었다.

나를 그토록 따르고 참으로 영특했던 사랑하는 동생을 그것도 10년 사이에 둘이나 떠나보낸 후로 정말 너무 슬펐다. 보고 싶어도 슬프고, 생각나면 더 슬펐고, 시간이 가도 슬프고, 흔적을 만나면 말할 수 없이 슬펐다. 이런 나에게 슬퍼하지 말라는 시 한 구절은 어쩌면 슬픈 우물에 빠진 나를 잡아줄 끄나풀이라도 되어 줄 것만 같은 바램이었는데 제목만 알고 있으니 마음은 점점 더 갈급했다.

내일은 시간이 없고 이번 주도 벌써 토요일 밖에 안 남았으니 다음 주에는 하늘이 두 쪽이 나도 꼭 찾아가야지. 날씨는 연일 불볕으로 이글거린다. 핸드폰에는 살인적인 폭염이니 노약자는 외출 삼가하라는 문자가 날마다 온다. 그래도 이왕 마음먹은 일이라 시가 있는 역으로 갔다. 빠르고 쉬운 방법으로 사진을 찍어 왔다.

슬퍼하지 마세요.

슬퍼하지 마세요 지는 꽃을 보며
화려한 시절은 다 가고

이제는 모든 게 끝인 듯 보여도

꽃이 진 자리에 바로 거기에
꽃을 닮은 생명 막 생겨난 열매
그러니 슬퍼하지 마세요. 지는 꽃을 보며

꽃 같은 내 동생들이 더 많이 보고 싶었다. 인생은 꽃보다 더 아름
다웠던 것 같다. 차례를 어기고 먼저 떠난 동생들이 너무 보고 싶다.
나에게는 어떤 시詩도 위안이 될 수 없다는 것을 그때는 몰랐다.
운명이 우리에게 허락한 시간은 이토록 간절하기만 하다.

다른 역에서 얻은 시 한 수가 생각난다.

삶이란
풀에게 물어보니 흔들리는 것이라고 했다.
물에게 물어보니 흐르는 것이라고 했다.
산에게 물어보니 참는 것이라고 했다.

흘러가는 저 구름아

　요즘 새로운 복의 기준은 건강과 재산과 친구라고 하는데 배우자와 자식을 다 빼버린 것은 너무 지나친 게 아닐까?

　박朴할머니와 김金할머니 두 분은 좋은 친구로 행복해 보이는데 건강해서 더 보기 좋았다. 동네에서도 단짝이라고 소문이 났다. 이들이 모이는 노인정에서는 80은 젊은 동생이고 90은 되어야 노인정 언니로 적당하다고 하니 70 고래희란 까마득한 옛날 이야기가 되어 버렸다.

　노인정 할머니들은 서로 이해하고 친할 것 같지만 그렇지도 않은 것이 자주 이견 충돌이 잦고 군림하고자 하는 노인들 특유의 욕심이나 고집 때문에 서로 흉을 보거나 못 마땅할 때마다 티격태격이 잦다고 했다. 그래서 왕따도 생기고 늙으면 어린아이가 된다더니 이들도 다를 게 없다고 한다.

인생사 역시 복잡하면 복잡한 대로 단순하면 단순한 대로 경쟁과 치열함은 존재할 수밖에, 그중에도 자식들이 자주 들여다 보고 그때마다 노인들이 좋아하는 떡이나 과일 등 회사품이라도 제공이 되면 존경까지는 아니더라도 칭송을 받고 동료들의 부러움을 사게 되면 우쭐해 하기도 하고 자연 행복할 수밖에 없다. 그렇지 못하고 일년 가야 자식 얼굴 한 번 내밀지 않고 보급품(?) 한 번 제공받을 일 없으면 사연히 칭친 빈을 일도, 회제의 대상이 될 일도 없다는 것은 당연할 수밖에. 또 자체에서 필요한 운영비로 작은 액수지만 회비를 모을 때 기꺼이 참여할 수 없는 형편이라면 오죽 하겠나. 더 안타까운 것은 생계를 위해 빈 종이상자라도 모아야 하는 근로 노인이라면 노인정 출입은 감히 꿈밖의 일일 것이다.

박朴할머니와 김金할머니는 한 동네에 살아서 오며가며 같이 다니다 보니 항상 메밀 벌처럼 붙어 다녔다. 이 할머니들은 혼자 살면서 국가로부터 도움도 있고 해서 꿈 많은 젊음은 지나갔는지 몰라도 늦게나마 마음 맞는 짝꿍을 만나 소녀들처럼 즐겁게 소곤거리며 다녔다. 늙어도 마음은 이팔청춘이란 말을 실감케 했다. 서로 처지가 비슷하고 나이도 동갑이고 건강도 그만하면 괜찮아 잘 돌아다니는 단짝이다. 자식도 각각 다섯 명인데 다 출가시킨지 오래고 말년에 자유스런 외톨이 같은 조건의 노년기를 맞아 행복해 보였다.

더 재미있는 것은 박朴할머니는 아들만 다섯이고, 김金할머니는 딸만 다섯이다. 여기서 똑같은 다섯 자식이지만 아들과 딸의 차이점은 엄청난 파장을 불러오게 했다.

박朴할머니는 아들 다섯을 낳을 때마다 세상 누구보다도 행복했다. 시부모로부터 끔찍한 사랑을 받은 것은 말할 것도 없고 손이 귀한 집안에 아들만 쑥쑥 낳는다고 온 이웃 대소가에서도 경사를 축하했고, 보약이며 덕담으로 온갖 호사와 대우를 받는 복을 누렸다고 했다.

김金할머니는 딸을 내리 둘을 낳고 셋을 낳을 때는 꼭 아들이거니 철석같이 믿었는데 또 딸이었다. 하늘이 까맣게 내려앉고 주위의 실망도 실망이지만 손을 이을 아들을 못 낳은 죄가 얼마나 컸으면 미역국도 안 끓여 주고 남편마저 방에 들어오지 않았다고 했다. 집안을 온통 떠나가는 초상집으로 만들 만큼 혼자서 울면서 아기와 같이 죽을려고 젖도 안 먹이고 산모 역시 먹지 않고 죽기를 각오했다고 하니 딸 셋 가지고 그 정도였는데 계속해서 또 딸 또 딸이었으니 기가 막히고 억장이 무너졌다고 했다.

그토록 억울하고 분하고 비참함은 기억하기도 싫고 아들을 한 번이라도 낳아보겠다는 그 소원은 끝내 이루지 못한 것이 한으로 남았다고 했다. 아들이 무엇인지 아들 하나 낳아보지 못하고 하늘이 살려주니 죽는 것도 마음대로 되는 것이 아니라면서 딸만 낳은 죄, 아들 못 낳은 죄를 안고 하늘 한 번 마음껏 쳐다보지도 못하고 살았단다. 매서운 시집살이는 물론 남편에게도 죽은 듯이 자신의 죄로 알고 그저 목숨이 붙어 있으니 살았을 뿐이라고 했다.

이 모든 희극도 비극도 봉건주의 시대 남아선호 사상의 유산으로 우리들 할머니, 어머니 세대들이 감수하면서 참아온 눈물겨운 삶이었다.

그렇게 박朴할머니와 김金할머니의 인생 출발은 시작부터 하늘과

꿈2 6F 장지채색

땅이었는데 세상은 그렇게 호락호락하지만은 않았다. 비오는 날이 있으면 갠 날도 있고, 겨울이 깊으면 따뜻한 봄날도 오기 마련이다. 급변하는 시대는 어처구니없는 사실도 만들어내고 새로운 풍속도 창조되고 있었다.

아들 부자 복덩이 박朴할머니도 미역국도 못 얻어먹은 구박덩이 김金할머니에게도 세월만큼은 공평하게 흘러 흘러 90평생 앞에서 인생 역전의 새로운 장이 열리고 말았다. 당연히 길고 짧은 것은 대봐야 알고, 인생도 끝까지 살아봐야 그 참 뜻도 알 수 있다. 누구는 관 뚜껑 덮을 때 판가름이 난다고도 했다. 이제 황혼 막바지로 밀려난 단짝 친구 박朴할머니도 김金할머니도 과연 그들에게 주어진 앞으로의 여정은 어디까지 얼마나 남았을까.

다섯 아들에 다섯 며느리가 있으면 무슨 소용이 있나 항상 박朴할머께 자식은 흉꺼리요 원망의 대상이니, 그 이유는 서로 모실 형편이 안 된다고 이리 밀고 저리 밀려 축구공 신세인데.

맏아들은 식구가 많아 방이 없고, 둘째는 며느리 건강이 안 좋아, 셋째는 장인 장모를 모셔서, 넷째는 수험생이 있어서, 다섯째는 단칸방이어서, 이렇게 다들 모실 수 없는 확실한 이유가 있었다. 그렇다보니 자식들도 스스로 떳떳하지 못해 발길을 끊다시피 하고 형편이 풀릴 기약 없는 먼 훗날을 기다려야 할 판이다. 혹시 할머니가 돌아가신다면 코딱지만한 집도 서로 차지하려고 축구시합이라도 벌리는건 아닐지.

다섯 딸 다섯 사위를 둔 김金할머니는 틈만 나면 이 딸이 찾아오고 저 딸들이 찾아오고 이 사위 저 사위가 들여다 본다. 옷도 사주고 맛있는 것도 사온다. 항상 딸 사위 자랑이 늘어졌다. 노인정 보급품도 번번이 잊지 않는다. 아들과 딸의 차이인지 가치관의 차이인지 시대의 흐름인지 .

딸도 남의 며느리이고 며느리도 남의 딸인데, 아들도 남의 사위고 사위도 남의 아들인데 자식에게 문제가 있는 것일까? 할머니들한테 원인이 있는 것일까? 이 시대가 만든 새로운 풍습인지 이 어려운 문제를 어디 가서 물어야 할지. 흘러가는 저 구름아, 너는 알 수 있을까?

김金할머니는 딸만 낳고 받은 구박과 서러움에 대한 보상인지 하루도 행복하지 않은 날이 없다. 누굴 만나도 잘 웃는다. 김金할머니 쥐구멍에는 볕이 들어도 한창 봄날이다.

풀 죽은 박朴할머니는 아들만 낳고 그때 너무 행복했고 이미 받은 복을 다 소진했는지 누굴 만나도 웃지 않는 것이 특색이다. 탐색하듯 만나는 사람을 살피는 것 같이 말이 없다. 무슨 악의가 있는 것은 아닌데 자식들의 무관심과 배신감이 할머니의 웃음을 잃게 한 것은 아닌지 가슴이 아프다. 박朴할머니 쥐구멍은 도대체 언제 다시 볕이 들까! 삼신할머니가 원망스럽다. 왜 아들 딸을 골고루 섞어서 점지해 주지 않았을까. 어찌됐건 태양이 뜨는 한, 지구가 돌고 있는 한, 음지가 양지되고 양지가 음지될 수밖에 없는 자연의 섭리 아닌가.

확실한 것은 관 뚜껑이 덮어져 봐야 판가름은 나겠지만 행복한 인생은 건강, 재산, 친구 말고도 딸이 있어야 구색이 맞을 것 같기도 하다.

감동의 시절

아들을 낳았을 때가 더 감동일까? 그 아들이 낳은 손자를 봤을 때가 더 감동일까? 아들이 태어난 것은 이미 많은 세월이 지나갔으니 그 감동은 좀 바래졌을지는 몰라도 아무리 손자가 귀엽기로 소니 아들보다 더 할까. 사람마다 다르기는 해도 모든 부모는 거의 손자가 더 귀엽고 소중하다는데 글쎄….

우리 집도 예외는 아닌 것 같다. 아들이 그만큼 소중했으니 손자도 소중할 수밖에. 손자의 출생은 행복 바로 그 본질이었던 것 같다. 우리 인생살이에서 가장 행복했던 순간을 꼽으라 하면 손자를 맞았을 때가 당연코 제일 첫째일 것이다.

그리고 보니 손자들은 태어났다는 사실만으로도 행복이었고 기쁨이었으니 이보다 더한 효도가 어디 있겠나. 이쯤 되면 저희들은 이미 할 일은 다 한 것 같다. 그렇게 맞은 손자들을 다시 추억해도 정말 감사하고 행복하다. 나의 여섯 명의 손자 손녀를 주신 하나님께 항상 감사하고 있다.

사실 그들은 우리를 할아버지 할머니로 만든 것이 고작인데 단 행복을 생산하는 발전소를 가동하는 것이 기특했다. 우리 첫째 손자가 미국서 태어났을 때 할아버지는 얼마나 신이 났으면 연락 받자마자 당장 달려가서 출생신고를 했을까! 그 바람에 손자는 이중국적이 된 것이다.

어디 하늘 아래 자기만 손자 본 것 같이 호적에 올리고 초본을 떼와서 얼굴도 못 본 손자를 자랑스러워 하던 그때의 감동은 참으로 대단했다. 그 손자가 보고 싶어 수없이 들락거리며 자라는 것을 지켜보고 또 꽃잎 날리듯 수많은 엽서도 띄웠건만 그 환경에서 두 개의 조국을 살아가기는 어려웠을 것이다. 한 해가 다르게 우리말은 서툴러지고 우리글도 지키기는 쉬운 일이 아니었다. 그는 미국 교육을 받으니 미국인으로 손색이 없고 공부 잘하고 인정받고 자랑거리는 그곳 상황들 뿐이다.

세월은 빨라 대한민국 국민으로 병역 의무를 수행하자면 먼저 신체검사를 받아야 할만큼 장정이 되었다. 어느 사회나 규율이 있고 제도가 있기 마련이다. 그토록 자랑스러웠던 손자에게뿐 아니라 미국사회에서도 지금은 학업에 전념해야 할 중요한 시기인데 규제 아닌 규제로 어려움을 겪게 되는 것이 한두 가지가 아닌 것 같다. 더 이상 이중국적을 유지하기 위해 하던 일을 포기하라고 괴롭힐 수는 없다. 그것은 우리가 더 괴롭다.

두 조국을 동시에 누린다는 것은 그만한 욕심도 있어야 하고 이기심도 희생도 고충도 함께 따르기 마련이다.

우선 국적 하나를 정리해야 하겠다는 제의가 왔다. 결국은 이렇게 밖에 다른 방법은 없을까? 이제는 더 이상 그네들의 제의에 반대해야 할 이유보다는 현실에 직면한 손자의 상황이 자못 안쓰러웠다.

반대만 하는 고집은 안 된다. 순리적인 고민이 필요했다. 할아버지는 잠을 못 이룬다. 그 손자에 대한 깊은 사랑, 20년 전 그토록 행복하고 신이 났던 출생신고 하던 날을 떠올리고 있을까?

공부하는 손자를 데리고 와서 2년 간 군 복무를 시킬 자격(?)도 없고, 내세울 힘도 없고, 명분도 한물 갔고, 우리는 늙었을 뿐이다.

우리말도 서툰 손자를 생각하니 무거운 과제로 괴롭히고 싶지도 않고 더 이상 밀어붙일 하등의 이유도 명분도 없다. 합리적으로 이성적으로 대처하는 것이 손자를 가장 사랑하는 길이다.

귀엽고 소중하고 행복의 근원만 받아들이자 손자는 아들의 아들이다. 그리고 미국 시민이다. 세상은 빠르게 변하고 있다. 금년 겨울은 우리 두 늙은이에게는 아주 혹독한 추위보다 더한 생각을 바꾸는 훈련이 필요했다.

"여보 세상 일은 다 새옹지마塞翁之馬라고 하지 않소. 앞으로 세상은 어떤 변화가 올지는 아무도 몰라요."

지금까지도 서류만 있던 대한민국 손자! 이제 서류만 없을 뿐이지 손자는 영원한 우리 손자예요.

종착역까지

외출하고 돌아온 남편은 얼굴빛이 창백하고 목소리는 기어들어 가는 것 같고 옷도 겨우 갈아입고 쓰러지듯 드러눕기부터 했다. 놀라서 어디가 아프냐고 물어봐도 잘 모르겠다고 하면서 눈도 뜨지 않고 입술은 말라 있고 열도 조금 있는 것 같았다. 도대체 웬일이며 아프면 병원으로 가자고 해도 반응이 없이 눈도 뜨지 않았다. 무슨 일이 있었으며 점심은 무엇을 먹었으며 어디가 어떠냐고 다그쳐도 통 귀찮은 듯 가만히 두라고만 했다.

겁이 덜컥 났다. 웬일인가. 아침에 집을 나설 때만 해도 아무 일 없었다. 매일 하는 운동으로 연습장 갔다가 12시에는 지인과 약속이 있고 점심 식사도 하고 온다는 것까지는 알고 있었다. 요즘은 그런 대로 식사도 잘 했고 매우 건강한 편이었는데 너무도 의외의 일이다.

얼른 녹두죽을 엷게 쒀서 조금 먹자고 하니 점심 먹은 것이 잘못되었는지 다른 곳이 탈이 났는지 머리가 띵 하니 아프고, 온몸이 한기가 들면서 부들부들 떨렸다고 했다. 오늘 날씨는 20도가 넘어 약간 덥게 느껴질 정도였는데 점심에 생선회를 먹었다고 하니 식중독이 되었을지도 모른다. 아직도 몸에 미열이 있고 이상이 생긴 것이 틀림없었다. 병원에 가는 수밖에 없었다. 늦었으니 응급실로 가자고 서두르는데 그 정도는 아닌 것 같다면서 좀 쉬어 보자고 했다.

할 수 없이 따뜻한 물에 꿀을 타서 마시게 하고 녹두죽도 조금 먹자고 하니 겨우 한 숟가락 뜨고는 말았다. 영 입맛을 잃은 것 같았다. 평소 좋아하는 녹두죽을 못 먹을 정도면 전복죽이라도 끓일까 하고 마트에 가니 마침 싱싱한 전복이 있었다. 얇게 썰어 참기름에 볶다가 쌀을 갈아서 죽을 다시 쒀다. 어느 것도 입맛을 쉽게 돌아오게 하지는 않았지만 죽물은 조금 마셨다. 그때 꼭 부른 것 같이 아들한테서 전화가 왔다.

"괜찮으세요?" 늘 하는 첫 인사이다. "응, 그런데 오늘은 괜찮지만은 않은 것 같아." 아빠의 상태를 말하고 지금은 죽물도 조금 먹었으니 곧 괜찮아질 것이라고 하는데, "열은 있습니까? 몇 도입니까? 혈압은 얼마입니까? 낮에 무엇을 잡수셨습니까? 병원에는 다녀왔습니까? 약은 뭘 드셨습니까?" 숨 막히는 연속 질문 공세를 퍼부었다.

평소 어지간히 아픈 것 가지고는 아이들에게 알리고 싶지 않아 웬만하면 씩씩한(?) 부모가 되려고 노력했는데 좋은 부모가 되는 것도 다 건강이 허락되고 큰 도우심이 있어야 되는 것 같다. 아직은 바뿐 아이들에게 기대거나 어리광 부릴 계제는 아니라고 생각했기 때문이다.

그런데 작년에도 갑자기 응급실에 가는 소동이 벌어졌을 때도 아들이 전화하는 바람에 탄로(?)가 난 것 보면 부모자식 간의 강력한 텔레파시는 어쩔 수 없는 천륜의 힘인 것 같았다.

오늘도 틀림없는 텔레파시가 쏘아진 것만 봐도 그렇다.

"걱정하지 마라. 병원노 살 깃이고 시금은 죽도 머었고 열도 내렸다."

다음 날 놀란 딸이 와서 병원을 가니 몸살 같다는 의사의 진단도 명쾌하지는 않았다. 계속 개운하지 않고 입맛이 없고 기력이 돌아오지 않아 수액을 맞고 돌아왔다.

젊은 날과 달리 병의 원인이 불분명한 것만 봐도 어쩔 수 없는 노인성 질환인가 싶다. 아기들은 아프고 나면 재롱이 늘고 새싹처럼 힘을 얻는데 노인은 한 번 아팠다 하면 기운은 떨어지고 입맛이 없고 먹지를 못하니 쇠약의 일로를 걷기 마련이다. 석양의 지는 해의 원리가 이런 것이 아닐까.

그런데 내일 골프 부킹이 되어 있다고 한다. 말려 봤지만 약속이니까 공은 못 치는 한이 있더라도 가는 것이 옳다고 한다. 내가 한창 필드를 쓸고 다닐 때도 그런 말은 있었다. 골프 부킹은 부친상을 당해도 빠질 수 없다고 할 정도로 약속을 중히 여기는 신사 운동이란 말은 있었지만 이제 다 늙어서 건강을 위해 다니는데 약속 지키다 건강을 잃을까 걱정이다.

가서 보고 정 안되면 돌아오기로 하고 갔는데 이외로 기분전환이 되었다고 한다. 동료들도 잘 보필하겠으니 걱정 말라는 격려전화가 있었다. 그래도 이틀이나 굶고 힘도 없는 사람을 생각하니 종일 불안해서 일이 손에 잡히지 않았다. 아이들은 엄마가 따라가지 않았다고 원망했다. 그 생각은 미처 못 했던 것이다.

이제는 하루하루가 살아있다는 사실이 경이롭고 감사할 수밖에 없었다.

평범한 삶도 쉬운 일이 아님을 요즘같이 절실하게 생각해 보는 것도 다 삶의 마감이 가까워졌다는 뜻인 것 같다. 글쎄 얼마가 될진 모르나 종착역까지 큰 장애물이나 없었으면 하는 바램뿐이다.

저녁에 아들이 왔다. 영양제를 주입한 수액을 놓는데 새벽 5시까지 3병을 차례로 맞느라 아들은 잠을 한 잠도 자지 않고 지켰다. 아침에 바쁜 아들은 가고 멀리 살고 있는 큰아들한테서 국제전화가 왔다. 밤새도록 있었던 상황을 듣더니 타국에서 어쩔 수 없는 미안함과 감동 섞인 어조로 "둘째가 훌륭했네요" 했다.

아빠는 첫째도 훌륭했고 둘째도 훌륭했고 딸도 훌륭했다고 칭찬을 하면서 행복해 하는 모습이 꼭 든든한 지원군을 거느린 늙은 장군같이 보였지만 너무도 수척해진 늙은이였다. 노인이 강한 척 씩씩한 척 했던 것은 다 쓸 때 없는 오기에 지나지 않았다. 아이들의 관심과 사랑보다 더한 행복은 없는 것 같다.

축하 8F 장지채색

울 엄마

친구가 우리 엄마를 회상하면서 "그렇게 너 네 집에 자주 가서 살다시피 했는데도 어머니는 어쩌면 한 번도 싫어하거나 언짢은 기색한 번 없이 반갑게 맞아주셨는지 생각하면 참으로 고마웠다"고 말했다.

그건 사실이다. 엄마는 성옥이가 여성답고 예쁘다고 무척 귀여워하셨다. 그리고 언제나 하신 말씀 중에 어미 팔아 친구 산다는 말이있다면서 친구가 인생에서 소중함을 가르친 것도 사실이다.

그 당시 친구는 집이 서울이기 때문에 경주에서는 쉽게 갈 수 있는 거리는 아니었다. 그래서 주말이면 우리집에 와서 나하고 잘 놀았다. 엄마는 혹시 성옥이가 미안해 하는 마음이라도 가질까봐 "국수 반죽을 홍두개로 한 번만 더 밀면 국수 한 그릇은 저절로 늘어난다"고 하신 것을 성옥이가 기억하면서 언제나 한결 같이 반기시던 인자한 모습이 선하다고 했다.

오늘 성옥이가 엄마를 그리워하는데 나도 가슴이 울컥하면서 엄마가 몹시 보고 싶고 그리움이 코끝으로 몰려 찡하게 터질 것 같더니 그만 눈물이 자꾸 나와 한참을 힘들게 했다.

국수 이야기가 나왔으니 말이지 우리집에는 국수 만드는 안반과 홍두개가 항상 마루 한 켠에 비치되어 있었다. 그때는 국수를 별미로 알고 손님 접대에도 별식으로 내집했던 것 같다. 우리 엄마의 순수한 손칼국수 맛은 지금까지도 잊을 수가 없어 더러 칼국수 집을 찾기도 하지만 진정한 그 맛은 찾지를 못 했다.

우리 엄마표 국수만 해도 종류가 다양했다. 콩가루와 밀가루가 적당히 배합된 국수는 어떻게 해도 구수한 맛은 기본이었다. 또 콩가루는 영양식으로도 손색이 없었음을 요즘 와서 더 알게 되었다. 계절마다 특색을 살려 추운 겨울에는 뜨끈한 느른 국수, 한 여름에는 시원한 건진 국수, 애호박 국수, 열무 국수, 닭 삶은 물에 말아주는 특식 닭 국수, 오색 꾸미로 멋을 낸 비빔 국수, 하나 같이 특색 있는 맛을 냈다. 또 국수 맛을 돋보이게 하는 데는 우리집 양념간장이 한몫한 것 같다.

늘 하시는 말씀 중에는 대문에 손님이 예고 없이 나타나도 밀던 국수를 한 번 더 밀고 손님을 맞았다는 엄마 특유의 유우머이기도 했다.

가난하던 시절을 살아오신 엄마의 지혜로운 철학인 셈이었다. 누가 와도 먼저 상부터 차리라고 해서 허기를 면하게 하시던 울 엄마의 인정이고 인심이었다. 지금도 생각나는 금실琴室이 언니는 우리

문중 딸네인데 남편 금서방이 6.25 전쟁 때 월북하면서 혼자 자식을 키우자니 어려움이 많았다. 언덕 위 여학교에서 구매점을 했는데 학생들이 다 하교한 후에야 늦게 퇴근하면 어머니는 금실이 언니를 집으로 데리고 와서 물어보는 일도 없이 식은 밥이라도 꼭 먹고 가게 했다. 괜찮다고 해도 다 저녁에 배는 오죽 고플까. 언니는 처음에는 사양해도 그 밥을 너무 맛있게 다 먹고 갔다. 늘 엄마를 고맙게 생각하고 친정 엄마가 살아 있어도 못 받을 사랑을 우리 엄마한테 다 받는다고 고마워 하던 금실이 언니가 생각난다. 이제는 그 언니도 내가 이렇게 늙었는데 정확히는 모르지만 만약 열 살이 위더라도 지금까지 살아 있기는 어려울 것 같다. 생각하면 내가 지금 이만큼이라도 누리고(?) 살 수 있는 것도 다 우리 어머니가 베푼 공덕이 아닐 수가 없다.

집에 오는 거지도 그냥 보내지 않던 일이며, 어느 날 여승이 다 저문 겨울 저녁때 어머니의 권유로 하룻밤 같이 지낸 귀중한 시간도 잊을 수가 없다.

특히 우리 엄마는 잘 못한다고 나무라기보다는 참았다가 바르게 일러주시는 점이 너무도 존경스러우셨다. 한 번은 엄마를 도와 무생채 나물을 하겠다고 거드는데 무를 썰어 보니 많이 두꺼웠다. 친척 아주머니가 보시고 소리를 지르며 무우채가 아니고 장작개비를 만들 작정이냐면서 무안을 주었다. 그때도 어머니는 이왕 두꺼운 것은 할 수 없고 채를 썰 때는 칼을 조금만 더 가까이 놓고 썰면 얇은 무채 나물이 될 수 있으니 계속해 보라고 하셨다. 물론 숙달되면 처음도 얇게 하고 채도 곱게 되겠지만 어머니는 어쩌면 하나도 나무라지 않고 방법을 가르쳐 주셨다. 학교 교육을 못 받은 엄마는 방법도 알고 교양이 있었다. 신교육을 받은 아주머니를 보니 지혜와 교양은 교육과는 무관할 수도 있구나 싶었다.

다 옛날이야기다. 나의 엄마 자랑은 밤을 새운다 해도 다 할 수 없는데 친구 성옥이가 엄마를 추억하는 바람에 나도 참을 수 없이 한꺼번에 그리움이 몰려오니 너무 엄마 생각이 나서 조금 풀어 놓아 봤다.

그런데 엄마를 원망했던 일도 없는 것은 아니다. 초등학교 5학년 때 마스게임 연습 중 선생님께서 유성기(레코드)가 필요하다고 해서 집에 것을 가지고 가겠다고 하니 엄마는 고장난다고 안 주셨다. 그 후 곧 6.25 전쟁이 나서 다 잃어 버렸다. 나는 엄마를 두고두고 원망했다. 엄마도 이 점은 많이 후회하신 것 같았다.

다시 엄마를 모실 수만 있다면 엄마에게 꼭 해드리고 싶은 것이 있다. 우리 아이들을 다 키워 주셨을 때 월급은 아니라도 다달이 용돈 한 번 못 드린 것이 너무 후회가 된다.

엄마! 사랑하는 나의 엄마! 용서를 빌기도 부끄럽네요.

조화造花의 세상

온 산 전체가 부도로 나름 질서 있게 잘 정돈이 되어 한 눈에 봐도 국군묘지와 비슷할 것 같지만 간단한 사각 비석이 아니고 승려들의 부도 모양과 똑 같은 규모의 돌 범종 모양을 한 신도들의 부도이다. 부도 몸통에는 망자의 성함은 물론이고 배우자와 그 직계 가족이 차례로 일목요연하게 전각되어 있었다.

우리 시부모님을 모신 경상북도 영천군에 있는 만불사 경내에 조성된 사찰 묘지공원이다. 생전에 불교 신자이신 어머님께서 원하셔서 마련된 시부모님의 천년 장막인 셈이다. 극락도량 제 1지역 605호 606호는 우리 부모님의 새로운 세상의 주소이다. 영혼은 이미 극락에 가셨겠지만 육신의 흔적을 담은 부도는 한결 같이 질서 속에서 묵묵히 자리를 보전하고 계셨다.

비록 돌로 된 조형 부도이지만 아버님과 어머님이 같이 나란히 계신 모습은 푸근하고 좋은 뜻으로 보여 외로움이나 쓸쓸함이나 허무함 같은 생각은 전혀 들지 않고 무척 정다워 보였고 살아 생전에 혹시 있었을 회한이나 원망이나 괴로움 같은 것은 있었다고 해도 지금은 너무도 다정해 보였고 오히려 기쁘게 저희들을 맞아 주시는 것 같았다.

결혼 전에 이미 돌아가셔서 살아 계신 모습은 한 번도 뵙지 못한 시아버님께서도 전연 낯설거나 어색하지 않고 사랑을 느낄 정도로 편안했으며 십년 전에 구십 칠세로 돌아가신 어머님께도 마찬가지로 반갑고 마음이 편안해 지면서 두 분이 함께라 그런지 외롭지 않고 한없이 다정해 보였다. 비록 조화이지만 양 옆에 화려하게 장식을 하고 보니 너무도 아름답고 두 분의 처소가 경건함은 물론이고 이 세상에서 인연을 저 세상까지 행복하게 이끌어 가신 행적으로 보였다. 지금은 묵묵히 세월의 이끼를 안고 계신 모습을 볼 때 바로 저 모습이 부부의 길이고 도리인 것 같았다.

그냥 일반 묘지는 벌초도 해야 하고 가토가 필요한데 부도는 엄숙하면서도 안정감이 있고 볼수록 믿음직하고 마음이 편안했다. 때로는 죽은 뒤에 흔적이 무슨 필요가 있을까 육신은 가루가 되어 한줌 흙으로 흩어지게 하고 싶었는데 오늘 두 분 부모님의 모습은 이외로 다정했고 오히려 반갑고 그동안 자주 찾아뵙지 못한 죄스러움에 껴안고 용서를 빌고 싶었다.

이제 저희 자녀들도 얼마 남지 않은 날들이란 것이 더욱더 슬펐는지도 몰랐다. 하나 같이 연로하고 건강이 좋지 못하니 아버님 어머님께 또다시 찾아뵈러 온다는 보장도 없으니 그것이 더 서러웠다.

조화가 온 산을 아름답게 장식하고 있다. 서러움 같은 흔들림은 눈물겨워도 시들지 않는 조화는 오히려 세상의 아름다운 봄꽃이 만발해도 끝까지 견딜 수 있는 돌 부도와도 잘 어울렸다. 이토록 아름다운 조화의 세상은 나름 생명 이상의 긍지를 보여주 듯 화려했다. 만약 생화를 꽂고 돌아서면 금방 시들어 버릴 생명이 되는데 나는 차라리 조화로 장식하고 말 것이다.

온 산이 부도가 진열되고 조화가 만발하다. 그들은 사철을 지키고 있었다.

조화의 세상은 무한히 아름다웠다. 눈물겹도록 감사하다. 어차피 영혼은 극락세계에서 노닐 텐데 조화면 어떻고 생화면 어떠냐. 자손이 왔다갔다는 표시가 아닐까?

조화의 세상은 말하자면 지상地上도 아니고 천상天上도 아닌 그야말로 조화造花의 세상일 뿐이다. 부모님을 뒤로 하고 내려오는데 세상의 근심을 해탈하고 무념의 세상이 바로 조화의 세상이었다. 화려한 조화의 세상은 분명 인간 세상에서는 만날 수 없는 또 다른 무념의 숭고함이 있음을 깨닫게 했다.

사촌 오라버님

유년 시절 고향 큰댁에 가보면 칠남 일녀의 팔 남매나 되는 사촌들은 그 큰집이 비좁게 느껴질 만큼 활동이 왕성했고 시끄럽게 북적거려 나는 정신이 없을 정도였다. 지금은 세월도 많이 흘렀고 그 많던 팔 남매는 어느덧 하나 둘 가고 이제는 오빠 혼자만 외롭게 남았다. 그래도 건강하게 노익장으로 건재했으며 구십 다섯인데도 아직 왕성한 활동을 하는 것 보면 대단한 인간 승리가 아닐 수 없다.

평소 유우머가 풍부했고 항상 독서를 생활화하다 보니 아는 것이 많아 무엇을 물어도 거침없는 실력을 보여주는 것 보면 손색이 없는 만물박사요, 걸어다니는 백과사전으로도 통하고 있다.

지금도 생활이 학구적이지만 옛날 대구 사범 학창시절 일화도 유명하다. 도서관을 애용하다 보면 늦도록 독서 삼매경에 빠져 문 닫는 시간을 놓치면 그대로 갇혀서 밤 새우기를 밥 먹듯 했다니 책 읽기 공부하기를 그토록 좋아하던 습관은 세 살 버릇 여든까지라는데 100을 바라보는 마당에 그 기간을 지나도 한참을 지난 것 같다.

그 연세에 부인도 작년에 돌아가시고 쓸쓸하실 텐데 슬하에 여섯 남매를 두었지만 오빠는 어느 한 자식 집에만 지그시 머물지 않고 자식들 집을 옮겨다니면서 지내시는 것 같다.

서울 막내 딸 집에 계실 때만 해도 도서관 출입이며, 학술회나 모든 다양한 학회 등 모임, 전시회를 부지런히 참석하시고 좋은 자료는 참고하라고 갖다 주셨는데 지금은 고향 셋째 딸 집에 가 계신다고 한다. 근황을 들으니 귀가 잘 들리지 않는다고 하니 그럼 이제는 모든 활동을 혹시 중단하시진 않았을까 걱정이 된다.

그 오빠가 그토록 오래도록 건강을 유지해 왔던 데에는 이유가 다 있었다.

첫째는 남다른 기지와 재치가 넘쳐나는 유우머가 풍부했고 항상 기쁘고 즐거운 마음으로 누구를 원망하는 일 없이 매사에 긍정적이고 감사할 줄 아는 낙천적 마음가짐인 것 같다.

둘째는 공부하고자 하는 정신은 지금도 학생이나 다름이 없다. 배운다는 것은 호기심을 유발하고 끝없는 의욕은 젊음을 유지할 뿐 아니라 그것이 바로 청춘의 자세이며 청춘의 생각을 그대로 간직할 수밖에 없었던 것 같다. 서울 시내에서 개최되는 잦은 학술 세미나 등 학습 요건을 찾아다니면서 공부하고 재미있게 노력하는 도전 정신은 늙을 겨를이 없었던 것이다.

셋째는 마님과 함께였던 노년이 그를 90이 넘도록 용기와 능력을 갖도록 했고 이것이야말로 바로 건강으로 이끈 원동력이 아닌가 싶다.

　이제는 그 노익장도 짝을 떠나보냈으니 세월 앞에서는 어쩔 수 없이 활동을 접으셨는지 시골 가 계신다고 하니 여러 가지로 당신의 왕성한 의욕을 펼치시는데 괜찮으신지 걱정이다. 이제만큼 노인정에 가서 화투를 배우겠나, 다시 상경해서 그토록 좋아하는 공부를 다시 시작하게 해 드리고 싶다.

　교장으로 현식에 있을 때도 바쁜 일정을 쪼개가면서 어른들 문안도 부지런히 잘 챙겼고 노인 공경을 몸소 실천하는 모범을 보였지만 이제 당신의 노년은 외롭지 않으셔야 할 텐데 시대는 변화를 거듭하다 보니 노인 공경이니 전통 범절은 이미 사라진 옛이야기로만 희미하게 잊혀져 갈 뿐이다.

　우리 아버지가 노년에 편찮으셨을 때도 자주 오셔서 숙부의 건강을 항상 살피던 애정과 효심 있던 모습도 잊을 수 없지만 아버지께서 운명하셨을 때 골목에서부터 큰 소리로 "작은 아부지요, 작은 아부지요" 포효하듯 허급지급 뛰어오면서 울부짖던 그 모습이 어제 같은데 이제 우리 오라버니는 낙향해서 조용한 시간을 어떻게 보낼까? 왕성했던 학술회에서 토론의 사안을 더듬을까?

　아니면 조용히 기다리는 것은 마나님 곁일까.

종이 호랑이

하루 중에는 저녁이 한가하듯 인생의 노년은 서두를 것도 없는 여유로운 나날이 대부분이다. 그런데 남편은 세계적인 뉴스에도 매우 민감한 관심을 보이곤 한다. 특히 자식들에게 관련이 있거나 영향이 미치는 뉴스에는 보기가 딱할 정도로 소심해졌다고 할까 늙으면 사람이 변하는 것에는 예측이 불가능할 정도인 것 같다.

오일 값이 올라도 내려도 큰 아들 관련으로 흐렸다 맑았다 하질 않나 경기가 좀 어떻다 하면 작은 아들도 있고 딸도 있으니 늘 맑았다 흐렸다 자주 변덕을 부린다. '청천하늘에 잔별도 많고, 우리네 살림살이 말도 많다' 는 노랫가락 속의 사연들이 그냥 만들어진 것은 아닌 것 같다.

심지어 아메리카 대륙에 산불이 몇 날이나 덮치고 토네이도가 휩쓸 때도 언제나 아들이 있는 곳이 항상 기준이 되어 모든 재난의 방향과 거리를 책정하고 걱정하면서 마음을 졸였다 풀었다를 혼자 하고 있다. 이 모든 것은 어쩔 수 없는 세월의 산물인 노파심에 불과하다. 꼭 미투리 장수 아들과 나막신 장수 아들을 둔 격이라고 핀잔도 주고 놀려 주기도 했지만 자식이 뭔지 약해진 모습이 때로는 안쓰러운 생각이 든다. 다 인생의 계절이 짙어진 증세일 것이다. 요즘 자식 평가가 옛날 하고는 달라도 한참 달라졌음에도 그런 것에는 상관이 없는 것 같다.

천하를 호령하던 초원의 백수 왕 호랑이도 늙으면 어쩔 수가 없는 것은 당연한 자연의 섭리가 아닐까. 아무리 장수시대라고는 해도 80은 적은 나이도 아닐 터인데 지금도 자신의 위치가 정상에서 호안을 부릅뜨고 자식들의 진로를 살피던 옛 버릇을 못 버리고 종이 호랑이가 되어서도 아이들을 지킨다는 생각에는 변함이 없는 것 같다. 못 말리는 아버지 마음일까 끝없는 자식 사랑일까.

이토록 자식에 대한 남 다른 극성 그늘에서 자연히 무관심해 질 수 밖에 없는 나는 별 유익 없는 걱정은 아무런 도움도 안 됨을 일찍 터득한 건 그래도 다행일까.

남편의 추억 속에는 당신 스스로가 받은 사랑을 물 흐르듯 내리사랑으로 실천하는 것이 이미 자연스럽게 뼛속에서 그리고 피 속에서 늘 흐르고 있었다. 그것은 자신도 어쩔 수 없는 물려받은 천성인지 DNA라고 봐야 할 것 같다.

초동시절 시내에서 한참 떨어진 금호강까지 가서 친구들과 함께 멱 감고 씨름하고 즐겁게 놀던 어느 여름 날 해가 늬엇늬엇 해서야 집으로 돌아가겠다고 몇 가지 놀이기구를 챙겨 메고 즐거웠던 하루를 뒤로 하고 친구들과 앞장서서 "해는 저어서 어두운데…" 한 곡조 빼는 동시에 저 앞에서 지켜보고 서 계시던 아버지와 눈이 마주쳤을 때 그때 그 순간 미소 지으시던 아버지의 깊은 사랑을 지금도 잊지 못 하고 있다. 회상할 때마다 목소리마저 변하면서 눈물 글썽이는 아빠 바보가 지금은 자식한테로 내리 쏟는 정은 당연한 것 아닐까. 고기도 먹어 본 사람이 잘 먹는다고 사랑도 받아 본 사람이라야 사랑할 줄 안다는 그 말은 만고의 진리인 것 같다.

나만의 공간

친구가 경영하는 가게는 규모가 크지 않아도 아담하고 작은 공간이 무척 마음에 들었다. 위치도 상가로 적당하고 무엇보다 교통이 편리했다.

가게를 재미있게 꾸민 점도 좋았지만 진열된 상품들은 소비자를 위함이라기보다는 주인 자신의 취향에 맞는 매우 엣지 있고 개성 있는 상품들이었다. 말하자면 자존심이 있는 가게이기도 하지만 소비자를 이끄는 능력이 보였다. 작은 공간에서 마치 소인국 여왕처럼 자유분방한 경영 방침이 마음에 들었을 뿐 아니라 부럽기까지 했다.

수요일은 수필 공부하러 가는 날이고 그 외에도 활동 반경이 넓은데 여행이라도 갈 때는 몇 날이 되던 아랑곳하지 않다가 돌아오는 날이 시작하는 날이고 문을 열어야 영업하는 날이 되었다.

옛이야기 10 F 장지채색

작은 공간에 개성을 잘 살린 자기만의 왕국을 건설해 놓고 못 말리는 영업 방침은 어떻게 보면 여왕다운 횡포일 수도 있었다. 그러나 매력적인 상품들은 이미 많은 단골들을 확보해 놓고 호기심에 찬 기다림으로 관심을 끌게 했으며 그 모든 것이 짭짤한 수입으로 창출된다는 것은 대단한 그만의 탁월한 경영 솜씨였다. 참으로 대단함에 놀라지 않을 수가 없다. 틀림없는 경영 목표를 달성하고 있는 것은 물론이시만 더 늘랍고 중요한 것은 그 공간에서 자신만의 사색의 여유를 확보했다는 것이다. 글감을 건지고, 귀중한 메모를 놓치지 않고, 작품의 씨앗을 뿌리고, 물을 주면서 관찰하다 보면 좋은 성장이 되어 놀라운 걸작을 탄생시키는 산실이기도 했다.

자신만의 공간에서 내가 곧 법이 될 수밖에 없는 경영의 철학은 어쩌면 내 어린 시절의 작은 꿈이었다. 방 하나를 독차지 하고팠던 철없이 순수했던 욕심. 지금까지 그 꿈을 접지 않았으면 나도 내가 좋아하는 동네에 작은 가게를 마련해서 마음에 드는 그림 몇 점을 걸어 놓고 찾아오는 이들을 위해 작은 소파를 마련할 것이고, 차를 마시며 수다를 떨고, 그리고 나도 내 맘대로 문을 열고 싶으면 열고 열기 싫은 날도 있을 것이다. 아주 자유로운 소인국 여왕처럼 꼭 그렇게 멋을 부려보고 싶다.

꿈같이 아름답고 재미있는 것도 알고 보면 어마어마한 장애물이 많다는 것도 이제야 알았다. 임대료 보증금 권리금 선금 전세 월세 알 수도 없는 무서운 현실이 도사리고 있다는 슬픈 사실.

아직도 꿈이나 꾸는 철없는 나는 나이는 어디로 먹었는지 너무 한심하다.

지금 살고 있는 비록 작은 공간이지만 내 공간은 이미 확보돼 있다는 사실에 그저 감사해야 할 것이다.

이토록 아늑한 내 방이 항상 나를 소인국 이상 품어주었건만 여기서 나는 여왕 못지 않은 나만의 규칙 아닌 규칙을 누리면서 행복했던 시간을 잊었단 말인가? 나만을 위한 나의 훌륭한 공간이 있는데 말이다.

쓰죽회 회원

내 친구는 옷도 잘 사 입고 심지어 예쁜 그릇도 그냥 지나치지 못한다고 했다. 무료할 때는 돈 쓰는 재미라도 즐기고 싶어 항상 쇼핑을 가자고 했다. 그렇다. 돈 쓰는 것만큼 재미있는 일도 없을 것이다. 갖고 싶은 것을 충족할 수도 있고, 커피 한 잔이라도 베풀어 본 자는 알 것이다. 우리는 쓰죽회 회원으로 죽기 전에 있는 돈은 쓰고 죽자고 결성한 바 있었다.

사실 알고 보면 우리가 즐기는 돈 쓰는 내용은 크게 보면 어린이 장난에 불과하다. 전자 상거래로 컴퓨터 파일에 들어있는 데이터를 다른 파일로 옮기는 방식의 거대한 돈거래에 세계적인 부동산이 왔다 갔다 하고 회사가 넘어가고 하는 어마어마한 거래로 세계경제를 좌지우지 하는 스릴도 있지만 그들의 돈거래가 서민들의 쇼핑만큼 재미있을까 싶다. 요즘은 현찰로 가방이나 사과 박스 하나 가득 담긴 돈은 범죄자 밖에 없다고 한다.

그 나이에 아직도 예쁜 그릇이 사고 싶을까? 요리를 잘해서 예쁘게 담아야 그릇도 빛날 수가 있는데 이제는 요리 자체가 지겹지 않은가. 하기사 나도 그토록 아끼던 커피 잔을 요즘 와서 꺼내 놓고 쓴다. 진작 젊을 때 멋을 부려야 하는데 아이들이 깰까봐 못 내놓았다. 이제 남은 인생 다 동원한다 해도 그릇만 남을 텐데 그 꼴이 더 서글프다.

좋은 옷을 사고 특히 예쁜 그릇이 사고 싶다고 하는 것은 아직도 젊었다는 증거이기도 하다. 어쨌든 나이 80에도 멈출 수 없는 왕성한 삶의 의욕은 아직도 청춘을 영위 중이라고 할 수 있는 좋은 징조로 밖에 볼 수 없다. 젊은 날 바쁘게 살면서 못다 한 한을 풀기라도 하고픈 것일까.

옛날은 며느리만 맞아도 모든 소임을 물려주고 뒤로 물러나는 것이 순서였지만 지금은 그렇지 않다. 독립된 삶이 죽는 날까지 부엌도 재산도 끝까지 지킬 수밖에 없다. 그러니 돈도 끝까지 잘 써야 재미도 있고 건강에도 좋을 것이다. 돈은 개같이 벌어 정승같이 쓰라는 말도 있다. 특히 우아하게 쓰란 말인 것 같은데 백화점 가서 쇼핑하고 호텔에 가서 커피 마시는 것이 우아할까. 물론 쓸 돈이 풍족하면 얼마든지 누릴 수도 있겠지만 형편에 맞는 것이 가장 우아할 것 같다.

소비 지상주의는 행복해 지려면 가능한 많은 재화와 용역을 소비하라고 했다. 돈을 잘 쓴다는 것은 행복하게 살 수 있는 삶의 방법도 되겠지만 돈을 쓴다고 다 낭비는 아닌 것 같다. 예쁜 그릇을 사고 좋은 옷을 산다는 것은 자기만족은 물론 거국적으로 보면 사회경제를 활성화하는데 기여할 수도 있다. 돈 써서 재미있고, 국가 경제를 돕고 자연 애국하고 건강하고 꿩 먹고 알 먹고, 안 아낄 데 아끼고, 아낄 것도 아끼면 인색한 사람이 되고, 아낄 데 아끼면서 안 아낄 때 베풀 줄 알면 검소한 사람이라 한다. 제 물건에 발발 떨면 인색하단 소릴 듣지만 나라 물건이나 회사 돈을 제 것인 양 쓰면 비루하고 몹쓸 인간이 된다.

돈을 쓰고 안 쓰고는 어디까지나 자신의 영역이다. 돈 쓰는 재미를 터득했다면 적어도 인생에서 가치 있는 경험을 거친 결과가 아닐까.

약속 장소에 먼저 나온 친구는 벌써 옷 두 벌을 골라 계산이 끝난 다음이었다. 여름 바지가 좋다고 나에게도 권했다. 나는 여름 바지도 있고 옷은 당분간 살 필요가 없다고 하니 유행 지난 옷은 과감히 버리라고 했다. 사람은 늙어도 옷은 새 옷으로 입어야 한다고 하니 맞는 말이다. 늙을수록 갖추고 유행을 따라가도 쫓아가기 힘들 텐데 도로 역행하고 있다고 나무란다.

실은 나도 옷 사기를 좋아하는 편이었는데 요즈음은 옷에 대해 좀 심드렁해 진 것은 사실이다. 옷장 속을 뒤져 오래된 새 옷(?) 입기에 재미를 붙였다.

늙은이가 옷마저 유행이 지난 고물은 안 된다고 타박이지만 그래도 잘 나가던 시절의 추억이 있고 제품들이 다 좋았다. 이 취향은 나다운 결정이라고 생각한다. 잠바도 20년은 넘었고 바지도 넓어졌다 좁아졌다를 거듭하면서 유행이 지났다기보다 통과한 것들이다. 다시 입으니 추억도 곁들인 패션이 너무 재미있고 편안하다. 20년 넘은 옷이라고 하니 다들 놀랐다. 지금도 좋다고는 하지만 다 위로의 말로 듣고 있다.

친구는 나의 복고적인 행동에 대해 너무 빨리 전을 거두는 것이 아니냐고 했다. 지금은 장수시대인데 아직은 더 영업(?)을 계속 하잔다. 그렇다. 나도 전을 거둘 생각은 추호도 없다. 다만 업종을 조금씩 바꾸고 있을 뿐이다. 새 옷도 취급하지만 묵은 옷도 취급하고 그 대신 한 달에 한 번씩 한 권 이상 신간을 꼭 취급하기로 했다. 시력이 허락할 때까지. 그리고 연극과 영화 감상에 대해서는 언제까지라도 무한 취급할 것이다. 내가 누구냐? 나는 쓰죽회 회원으로 이만하면 손색은 없는 것 아닐까?

그 외에도 돈 쓸 일은 많다. 나의 영업은 매우 다양하고 재미있는 일로 앞으로도 연구를 할 것이지만 돈 쓰는 재미도 건강해야 계속될 것이다. 그저 건전한 쓰죽회 회원으로 남고 싶을 뿐이다.

은행잎은 노랗게 물들면 더 아름답다

모교 교정에는 아름드리가 넘는 몇 백 년은 된 은행나무가 한 그루 고목으로 멋있게 지키고 있었다. 아마도 학생 백 명 정도는 너끈히 수용할만한 시원한 그늘을 제공해 준 것 같다. 은행잎은 젊을 때도 그 푸르름이 아름다웠지만 노랗게 물들면 더 아름다웠다.

그때 공부했던 중학 동창들은 한창 때는 각자 중요한 위치에서 바빴지만 요즘은 한 번씩 만나면 그런대로 재미도 있고 여유롭기도 하다. 당시만 해도 가난한 시절 전쟁의 상처가 가시지 않아 국가도 사회도 어려웠으니 젊은이들에게는 장래에 대한 불안이 컸던 것은 사실이다. 누구나 불확실한 미래를 고민하는 것은 지금이나 그때나 젊은이들의 전유물처럼 다른 것은 없는 것 같았다.

그런대로 사범교육은 졸업하면 직업이 보장되고 당장은 여러 가지 국가로부터 특혜도 있었으니 언제나 특차여서 입시 비율이 몇십

대 일은 예사로 높은 경쟁을 치러야 들어갈 수 있었다. 한 울타리 안 병설 중학에 들어간다는 것은 본교인 사범으로 진학할 수 있는 어쩌면 지름길이기도 해서 병중은 말하자면 사범으로 갈 수 있는 1차 관문이기도 했다. 그렇지만 100퍼센트 다 본교 진학을 원한 것은 아니었다. 뜻이 다른 이는 더 큰 세상을 향하여 인문계로, 서울로, 타지로 진학하는 청운파로 부러움을 사기도 했다. 이들은 대부분 가정 형편도 뒷받침이 되었을 것이다. 그중에도 친구 Y와 같이 맨 주먹으로 고학한 얘기도 들었다. 참 대단한 친구들이다.

지금 모이는 병중 동창들은 다양한 직업들을 가졌던 것이, 대부분 교사였던 사범 동창들 보다 흥미로울 수도 있고 스케일이 좀 다른 것을 알 수 있다. 모이면 60여 년 전 추억을 회상하기도 하고 모두 동심으로 돌아가 개구쟁이 시절 장난꾸러기처럼 되기도 하지만 각자가 펼치는 논리들도 다양하고 진지했다. 물론 정치 경제 문화 등 나이 들어 아집도 생기고 전공과 개성에 따라 견해가 각각일 때도 있다.

한 친구는 당시 사범학교가 생기면서 좋은 점도 있었지만 지역의 인재를 사범학교가 다 흡수하는 바람에 오히려 인재를 모두 교사로만 안주하게 된 것은 어떻게 보면 개인이나 사회에 아쉬움이 있다는 것이다. 말하자면 국가적으로 인재의 손실이라는 것이다. 틀림없는 칭찬인 것 같기도 하고, 그렇다면 이 사회의 다양하고 중요한 역할은 인문계나 외지로 떠난 자들만의 몫인가! 교사는 교실에서 한 일이 무엇이었을까! 과연 편안하기만 했을까! 교육에도 우수 인재는 필요한데….

모교에 대한 견해와 평가가 늙은 논객들에게 회자될 때 나는 마음이 편치만은 않았다. 나 같은 못난이도 동창이라는 미명 아래 인재로 합류된 것은 너무나 말도 안 되는 과분한 찬사라 몹시 어색하고 부끄럽고 감히 해당이 안 되지만, 자부심인지 모교에 대한 애정인지 교사였던 내 자신이 정말로 칭찬으로만 듣기가 괴로웠다.

많은 사범학교 선후배가 평생 학교만(교사) 지킨 자도 있지만 사회 곳곳에 보신된 것도 알고 다방면 진출이 없는 것도 아닌데 물론 수수이긴 하지만 정말 필요한 우수 인재는 교사가 되어야 하는 게 아닐까. 교사야 말로 실력 있는 인재가 필요했던 것이 아닐까.

건축에 제일은 기초이듯 인간의 기초는 교육인데 교육은 바로 국가의 초석으로서 정말 인재는 골고루 필요하지 않을까.

이제는 한 우물만 판 고지식한 선생님도 노인이 되었고 큰 뜻을 품고 떠났던 역군들도 세월 앞에서는 비켜갈 수가 없어서 모두 백발이 성성하다. 한 달에 한 번씩 모임은 한없이 즐거운 동심으로 돌아가는 활력소가 되고 있었다.

지난날 선택에 대해서 후회하거나 가난을 핑계될 변명 같은 것은 추호도 없다. 오히려 교직에 몸 담아 작은 힘이나마 무사히 마무리한 것은 감사할 뿐이다. 다만 그중에 참 인재가 있었다면 우리 교육이 얼마나 다행이냐. 그나마 그때 그 인재들이 지금의 기틀을 잡은 것이 아닐까 감히 믿어 본다. 오늘이 있기까지 그 노력과 희생을 나는 오래오래 기억하고 싶을 뿐이다. 이만큼이나마 이 사회에 기초를 다진 것은 교육의 힘이라고 감히 자부하고 싶다.

이 나라 오천 년의 가난을 벗어나게 하고 눈부신 발전으로 온 세계를 놀라게 한 우리의 한 지도자가 교사 출신이라는 것은 자못 자랑이고 감동이 아닐 수 없다.

노래를 직접 작사 작곡해서 온 나라의 새벽을 깨워 새마을을 만들어 가난을 물리쳤고, 남다른 심미안으로 사물을 관찰하고 아름다움을 그림으로 표현하는 멋쟁이!

시를 쓰고 좋은 글을 남기신 것은 말할 것도 없고 개성 있는 필력으로 가는 곳마다 남기신 글씨는 오래오래 빛나는 유산이다. 이 모든 것은 그때 사범교육이 있었기에 다져진 실력과 정서로 감동을 주었던 것이 아닐까. 국가 운영에도 크게 영향을 한 것으로 생각한다.

전설 같은 이 나라 지도자께서 교사 출신이었다는 것은 이보다 더한 자랑일 수가 없다.

은행잎은 젊어도 그 푸르름이 아름다웠지만 노랗게 물들면 더 아름다웠다.

옛날 길

새 것이나 새로운 것이라면 좋지 않을 이유가 없다.

더구나 새봄의 나들이는 기분 좋은 것 중에도 일 년 가운데 첫 출발의 계절이니 몸과 마음에는 대단한 충전이 될 수도 있고 봄처녀를 맞는 벅찬 기쁨과 잔잔한 흥분이 구름 피어오르듯 겨울의 먼지를 털어주기도 했다. 다른 계절이라고 감흥이 없는 것은 아니지만 굳이 새 것을 말하자면 새싹이 돋아나는 화려한 소생의 계절이니 가장 새로울 수도 있다는 것이다.

그렇다면 길도 새 길이 더 좋아야 하는데 고속으로 달릴 수 있도록 그 험준한 산을 잘 정비하고 거칠 것 없는 직선, 친절한 안내 표시, 최신식 휴게소 등등 완벽하고 멋있고 과학적으로 잘 다듬은 고속도로는 어쩐지 나와는 별로 맞지 않는 것 같다.

고속도로에서는 신나는 스피드를 체험할 수도 있고, 그에 따른

스릴도 한 번씩 기분전환에 도움이 될 수도 있고, 또 목적지를 몇 시간씩 단축해서 도착할 수도 있는 장점이 많은데 그저 지금은 옛길이 된 국도로 천천히 놀며놀며 가는 것이 좋아 옛날 길을 고집해 본다. 일찍부터 고향 가던 길이었고 그리움을 안고 떠날 때 설레었던 추억이 서린 곳이기도 하다.

수묵화 같은 먼 산 풍경 가까운 산천은 채색화 같다고나 할까. 들녘에 지천으로 피는 야생화들을 고속으로 달린다면 이들을 다 놓치고 마는 것이 너무 아까울 것 같다. 구부러진 옛날 길을 돌아가면서 경치도 즐기고, 궁금한 것은 아예 내려서 감상도 하고 관찰도 하고, 지난날 유명했던 음식집도 들러서 점심 요기도 하고, 한가해진 옛날 길을 마음껏 즐기며 이야기도 하고 추억에 잠겨도 보는 것은 꼭 옛 친구를 찾아온 것 같다. 유명한 곳, 낯익은 풍경을 다시 만나면 반갑고 오히려 그들이 나를 맞아주는 정다운 이야기꺼리가 있는 국도, 옛날 길이 이래서 좋다.

돌아올 때는 고속도로를 이용하는 한이 있더라도 내려갈 때만큼은 옛날 길의 맛을 즐기고 싶다. 자주 오는 것도 아닌데 기회를 놓칠 수는 없다. 조금만 일찍 출발하면 그만큼 유익한 시간을 확보할 수도 있다. 구곡간장이라고 하는 죽령재를 쉬엄쉬엄 정상까지 오르면 상쾌한 호연지기는 고속도로와는 비교가 안 된다.

지금은 개발의 뒤란으로 밀려나고 오고가는 차들이 뜸해 지니 잘나가던 음식점이며 숙박시설이 모두 사양길에 접어들었지만 언젠가는 이 모든 상황들의 가치가 재평가 받지 않을까 싶다. 왜냐 하면 옛날 길은 다시 와 봐도 반갑고 푸근한 것이 꼭 고향같이 넉넉한 걸 보면 틀림이 없다.

일찍 중앙선 열차와 국도는 서울을 심장이라고 하면 한반도 서쪽의 경부선과 쌍벽을 이루는 조국의 중요한 동맥이었다. 산이 높고 오지가 많았던 이 지역에 인력뿐만 아니라 모든 산업 물동량을 운반하고, 고립에서 소통과 화합의 꽃을 피워낸 산업국도로 국가발전에 지대한 원동력이었다. 동서양을 소통시킨 실크로드 못지않은 그 역할을 높이 인정해야 할 것이다.

경상도 충청도 강원도 경기도 이렇게 여러 도를 아울러 관통했던 빛나는 영광을 하루 아침에 고속도로에게 빼앗기다시피 밀려난 이유가 있을 것이다. 극명한 한 가지가 바로 속도가 아닐까. 속도는 시간의 단축이다. 그 속도는 일등은 물론 그 위에 특등도 그 더 위에 최우수로도 한없이 하늘을 치솟았다. 지금은 경쟁의 시대, 경쟁사회는 속도가 바로 최첨단의 무기였으며 방법이 되었고 그 치열함의 판가름은 바로 현실이다.

지금 우리는 그 속도 속에서 과연 최상의 결과만을 얻고 있는지 궁금하다. 잃은 것, 놓친 것은 없는지 깊이 돌아봐야 할 것 같다.

우직하리만큼 옛날 길이 좋아 찾아왔지만 어쩌면 상실과 무능력을 감출 수도 변명할 수도 없는데 유난히 흐드러진 봄꽃이 나그네를 반갑게 맞아줘도 마음 한 구석의 애달픔은 달랠 길이 없었다. 인간도 옛날 길도 세월에는 비켜갈 자가 없는 것 같다.

그렇지만 가을에도 다시 찾아올 것이다. 가을 길 매력도 봄날 못지 않거늘 어느 계절이나 옛날 길은 그리운 길이다.

머지않아 떠난 자들도 다시 돌아오지 않을까.

옛날 길에서나 맞아보는 느림의 미학도 배우면서 곧 어떤 방법으로든 사랑 받을 기회가 올 것이다. 살벌한 속력은 가속이 생기면 생길수록 언젠가는 지치게 마련이니까.

비 갠날 4 F 장지채색

그들의 이유 있는 침묵

2014년 봄은 생뚱맞다고 해야 할지 좌우간 특별했던 것만은 틀림이 없었다. 전국의 꽃을 한꺼번에 피게 했고 또 이들은 기상청 예상보다 훨씬 빨랐으니 예보기관은 망신을 당했지만 많은 꽃을 한꺼번에 감상할 수 있었던 것은 눈을 호사스럽게 해줘서 괜찮기도 했다.

꽃은 역시 아름답고 즐거움과 행복의 요소인 것이 눈요기만은 아닌 것 같다. 그렇지만 갑자기 서둘렀어야 했을 꽃들의 행보도 정신이 있었겠나 싶다.

보통은 개나리가 진달래보다 먼저 피는 게 정상인데 진달래가 이틀이나 개나리보다 앞서 피었다니 뒤죽박죽이 어찌 이들뿐이었겠는가. 개화시기 관측 이래 처음이라고 하니 꽃들에게도 충격이 컸을 것이다. 이렇게 되면 자연의 질서에도 이상이 생기는 것은 아닌지 저으기 염려스럽기도 하다.

봄꽃이라면 으레 남쪽 제주도로부터 소식이 먼저 전해오고 기다림 끝에 맞이할 수 있는 반가움이 봄꽃의 매력이라면 매력일 수도 있다. 그중 맨 먼저 찾아온 봄의 전령사로 산수유를 대표로 꼽아도 무리는 아닐 것이다. 잎도 없이 맨 가지에 은은한 노란색 꽃이 점점이 뿌려지듯 피면 먼저 나온 갯가에 버들강아지만 빼고 다른 꽃들은 겨울잠에서 뒤척이거나 겨우 기지개를 켜는 것이 고작이다. 그때 무지런한 개나리가 터실 듯 울디리를 비집고 바깥으로 쏟아져 나오기 시작하면 아직 남아있던 찬바람이 눈발을 섞어서 꽃잎을 마냥 후려치는 심술을 부려도 쉽게 좌절하거나 포기하지 않는 강인한 주인공이 바로 개나리 노란 꽃이라는 걸 알 수 있다. 그들은 자기네들의 달력(식물들의 첨단 센서)에 있는 순서와 차례를 잘도 지켰다.

잇달아 다음 차례는 양지바른 기슭에 여동생 입술 같은 진달래가 선 보였다 하면 온 산은 금방 붉게 물이 든다. 영변 약산에도 불붙듯 번지면 나 보기가 역겨워 떠나는 애인에게도 사뿐히 즈려 밟고 가라고 뿌려준다는데 그 정겨움을 봄볕이 따스하게 감싸고 아지랑이가 위로했을 것이다.

곧이어 목련이 귀부인처럼 등장하면 보름달이 유난히 밝은 밤 새하얀 소복치마를 하늘 향해 펼치면 정절의 고고함이 뿜어진다. 만약 내일 봄비라도 뿌린다면 과감하게 자결이라도 하겠다는 비장함도 역력했다. 그날은 구중궁궐 후원에도 매화 몽우리가 옷깃을 여미고 황후의 알현을 위해 긴장을 놓지 않았을 것이다.

그동안 차례만을 기다렸을 벚꽃은 이미 모든 준비가 완료된 상태에서 윤중로를 비롯해 아파트 단지마다 용케도 파발을 띄웠는지 일제히 풍성한 잔치를 거나하게 차려 온 도시를 화사한 꽃향으로 취하게 했다. 나름 질서 가운데 새봄은 희망과 감격의 나날이 이어지고 라일락도 모든 채비는 끝났을 텐데 먼저 향기 같은 윤기부터 날려 보내는 것은 사랑 받기 위한 수단일까? 역시 차례를 기다리고 있는 것 같다. 오늘 내일.

이제 4월이 가기 전에 조팝꽃까지는 물론이고 철쭉이며 수많은 이름 모를 꽃들이 다투어 한창이다. 고향 선산 부모님 산소 곁에 연분홍 산벚꽃이 마저 피면 봄날도 거의 막바지로 무르익어 가는 것이 보통이다.

지구 온난화 온난화하면서 꽃을 한꺼번에 피워 차례도 순서도 없이 출현시킨다면 꽃 소식은 물론 피는 꽃도 다음 차례를 기다려야 할 일도 없고 이제는 애틋함도 그리움도 절실함도 식어질 것이다.

그 많은 꽃들이 무너진 질서에 정신 차리기도 힘들 것이며 당황한 나머지 소리라도 지른다면 그것이 불평이든 환호이든 간에 많이 시끄러웠을 것이다. 서울 광장 한복판에 모인 데모꾼들이나 야구장 관전꾼들의 함성은 천지를 뒤흔들만큼 대단한데 삼천리 방방곡곡에서 일제히 터뜨린 꽃들이 조용할 수 있었던 것은 역시 꽃은 꽃이었기에 지고지순의 아름다움만을 선택하지 않았을까?

슬픈 사월 차갑고 어두운 행목항 바닷물 속에서 못다 핀 꽃송이들이 소풍 가다가 참혹하게 져 버렸는데 꽃들아! 꽃들아! 너희들처럼 다시 피어나게 할 수는 없는 것이니? 피멍으로 썩어 가는 어미 가슴을 무엇으로 위로한단 말이냐. 조용하지만 말고 대답 좀 해주렴.

한강은 흐른다

    가을 햇살에 반짝거리는 물비늘은 강물이 흐르는 것을 멈춘 것인지 흐르게 하는 것인지 아름답기만 하다. 가을을 남자의 계절이라고 하지만 이 경이로운 햇빛과 바람이 지나는 하늘을 보면 여자도 간절하기는 마찬가지다. 눈부시게 화려함이 내 젊은 날에도 이토록 아름다웠던가 또 슬프기까지도 했던가 싶다. 요즘 와서 감회가 다른 것은 무슨 뜻일까.

    쌓인 세월과 더불어 늘어난 것은 주변 세간살이뿐인 것 같다. 손때 묻고 정들고 사연이 있어서 아꼈지만 덕지처럼 차고 넘쳐 이사하면서 손도 봤는데 별 표도 나지 않는 것은 과감한 결단이 부족했다고 본다.

    이 가을에 사색의 공간도 필요하지만 생활에도 공간이 필요하다. 여백, 여분, 여유, 이런 것들은 휴식일 수도 있고 멋스런 공간을 떠오르게도 하는 걸 보면 다 정리 정돈이 이루어져야 얻어질 수 있을 것 같다. 특히 책을 정리해 보면 적잖이 고심이 돼서 기준을 정해 봤다.

　＊꼭 다시 읽을 것과 필요한 것

　＊비싸게 구입한 것과 고전 및 제본이 잘된 예쁜 책

　＊저자의 사인이 있는 것

　정리를 해보면 거의 기준에 해당이 돼서 좀 애매모호할 때는 들었다 놨다 뺏다 꽂았다 망설이지만 과감하게 솎아야만 변화도 바랄 수 있다. 과감한 판단이 중요하다. 내 인생 역시도 돌아보면 과감했던 결단이 오늘을 있게 한 것인지도 모른다. 최근에 글을 쓰게 된 결심도 잘한 선택이라고 스스로 자부해 본다.

　웃지 못할 것은 솎은 책을 버릴려고 가지고 나갔다가 먼저 버리고 간 남의 책이 마음에 들면 서슴없이 들고 들어온다. 이런 행동도 정리 정돈의 영역에 속하는지는 모르지만 이럴 때는 이혼하고 돌아서서 금방 또 결혼을 선택하는 것과도 다를 게 없다. 이런 현상들은 미지의 부분이 아직 남아 있다는 긍정적인 증거가 아닐까.

　내가 내 놓은 책도 누군가에게 다시 선택이 돼서 읽히고 사랑 받는다면 더 이상 고마울 수가 없다. 옹달샘 물은 퍼내도 금방 고이듯 책도 살림살이도 다 같은 범주인 것 같다.

　그런데 이상한 것은 그렇게 고심 끝에 솎아내고 나면 그 솎아낸 것이 금방 다시 필요하게 되는 것은 무엇일까. 먼지가 쌓이고 몇 년째 퍼보지도 않던 것이 없애고 나니 당장 필요하고 아쉬움과 그 절실함이 후회가 되고 속알이까지 하게 되는 것이 그들에게 복수라도 당한 것처럼 머피의 법칙으로 무섭게 돌아올 때는 섬뜩하기까지 하다.

가장 괴로웠던 것은 이미륵 저자의 『압록강은 흐른다』를 정리하고 였다.

젊은 날 읽고 감동이 커서 몇 번 두고 다시 읽었는데 인간의 원초적 순수 같은 논리와 정감어린 고향의 추억이 너무도 아름다워 그 내용을 훤히 뻴 징도여서 이제는 슈이도 괜찮을 줄 알았는데 그것이 아니었다. 한 번 명작은 영원한 명작이었다. 그렇게 금방 그리워질 줄은 정말 몰랐다. 많이 후회한 걸로 봐서 다시 마련해야 할 것 같다. 아직 내 인생에 남은 날이 얼마가 될지는 몰라도 단 한 번의 필요도 중요하다는 사실이 너무도 명백했다.

또 일본 작가 『인간의 조건』이란 장편 연애 소설이다. 물론 청순하고 아름다운 사랑의 방법에는 아픔도 어려움도 다 인간의 조건임을 명시한 감동스런 작품이지만 이제 와서 연애소설 정도를 다시 찾을 일은 없을 줄 알았는데 이상하게도 주인공의 사연이 내 자신의 추억처럼 자꾸 떠올랐다. 정말 그 장면 그 문장을 다시 읽어 보고 싶어 미칠 것 같았다. 지금 겪고 있는 허탈함 때문인지 계절의 상념인지 그들의 사랑을 잃어 보고 싶어서일까? 지난날 방황의 시절을 지켜준 푯대 같았던 그 감동을 다시 살릴 수 있을까? 아니면 이제 다시 위로라도 받고 싶은 것인가. 왜 그들의 이야기가 이토록 그리울까. 잃어버리고 놓친 것이 어디 이것뿐이겠나!

책꽂이에 남은 책이라고 다 행복할까마는 구중궁궐의 궁녀들이 임금의 총애를 기다리듯 인내하는 모습들은 책이 아니고는 그렇게 의연할 수가 없다. 항상 정신적 양식이 되어 먹지 않아도 배가 불렀던 것은 책을 믿고 바라보는 시선이 있었기 때문인 것 같다. 어쩌다 꺼내서 펼쳐보는 날은 모처럼 간택(?)이라고 해야 할지 그래도 그 걸작을 다시 감동을 되살릴 때는 시간 가는 줄도 모르는 깊은 삼매경에 빠진다. 궁녀와 전하의 해후 못지 않은 인연일 것이다.

인연이라면 책뿐이겠나. 기념으로 찍고, 즐거워 찍고, 욕심으로 찍은 사진들이다. 사진이야 말로 정리 정돈감인데 책처럼 내다 놓을 수도 없고 요즘은 태워버릴 아궁이마저도 없는 세상이 되어 버렸으니 어떻게 처리해야 할지 난감하다. 웃는 낯에는 침도 뱉지 말라는데 잘났건 못났건 내 청춘이고 나의 소중한 젊음이 아닌가. 여행 때마다 색다른 배경과 이야기꺼리는 나의 삶이고 나름의 역사이거늘 죄 없는 내 얼굴을 이토록 천덕꾸러기 대접을 하다니 자학이 따로 없다.

사람의 일생을 두고 유수세월流水歲月이니 남가일몽南柯一夢으로도 표현하는 빠른 세월인 것을 진작 알았다면 이렇게 허무했을까. 유명한 시인의 말이 새삼스럽다. '하늘이 푸르고 아름다운 날은 그리운 사람을 마음껏 그리워하고 사랑하는 사람을 마음껏 사랑하라' 고 했다. 인생의 유한함에 더 이상 할 일이 있을까. 참으로 눈부신 가을이다. 도무지 어찌 할 수 없는 계절이다.

아름다운 한강은 말없이 흘러가고 있다. 수많은 사연도 있으련만 조용히 삭이듯 의연함이 한결같다. 잃어버린(?) 압록강은 돌아오지 않는데 한강은 끊임없이 흐른다.

앵두는 째지게 영글고

초임 발령을 받고 갔을 때였으니 교복을 금방 벗은 사회 초년병 시절이었다. 경주에는 정원을 갖춘 한옥들이 옛 도읍지답게 더러 있었다.

교동 최 부잣집은 역사적으로나 문화재로도 충분한 가치가 있었지만 그때만 해도 담이 무너지기도 했고, 연고도 없는 사람들이 살고 있으면서 집을 허술하게 사용하고 있었다. 정원은 거의 방치되다시피 훼손되어 있어서 매우 안타까웠는데 지금 다시 가봤더니 원상 복구가 다 되어 있었다. 정부가 관심을 갖고 많은 힘이 된 것 같아 참 다행이었다.

내가 알고 있는 또 다른 김씨 댁은 계속 주인이 집을 지키기도 했지만 집 안팎을 잘 건사해서 정원까지도 옛 그대로 잘 보전이 되어 있었다. 그 댁 며느리를 알게 되어서 몇 번 방문했는데 많은 세월이 지난 지금까지도 잊을 수 없는 것은 한옥과 정원의 어울림도 좋았지만 나무 한 그루 화초 한 포기도 정성으로 다듬어 가꾼 것이 한옥의 진가를 더욱 돋보이게 했다. 대문간에서부터 행랑채, 사랑채, 안채, 별당까지 그리고 마당 안에 있는 낮은 담과 소슬대문이 매우 인상적이었다. 대대로 이어온 유산을 이만큼 유지하자면 상당한 재력을 소유하지 않고는 그 큰 집을 보전하기도 힘들 것 같았다.

며느리 C여사가 거처하는 별당에 가 보면 후원 역시도 정갈하게 잘 다듬어져서 우리 한옥은 그 자체가 예술임은 물론이고 우리 조상들의 멋과 풍류와 지혜를 짐작하고도 남을 만했다.

C여사는 나보다 한 10년 이상 연상인 것 같은데 어린 사람을 동생처럼 사랑으로 돌봐주신 점은 너무나 고마웠다. 그 시절 서울에서 온 지성과 교양을 갖춘 멋쟁이지만 내가 좋아했던 더 큰 이유 중에는 그의 바로 오빠 되시는 분이 내가 가장 존경하는 유명한 시인이었다.

당시 왕성한 활동을 한 청록파의 대표로 시인의 일화나 근황을 듣는 것도 좋았고, 또 요절한 큰 오빠도 천재 시인이었고, 시집간 고모도 시인이니 훌륭한 문필가 집안인 것은 익히 알고는 있었지만 여사를 통해 다시 접하니 시인 가족에 대한 선망이 한창 감수성이 예민한 시절인 내게는 말할 수 없는 존경심과 호기심은 신비롭기까지 하니 동경의 대상으로 나래를 펼 수밖에 없었다.

그렇지만 그에게는 불행의 신이 시샘이라도 했는지 6.25 전쟁이라는 우리 민족의 비극을 고스란히 혼자서 다 떠안은 듯했다. 제헌국회의원이었던 아버지도 납북되었고 신혼이었던 당신도 남편이

인민군에게 납치되어 생사도 모른 채 어린 아들을 데리고 시댁인 경주로 낙향한, 알고 보면 불행한 처지임에도 항상 대인관계도 명랑했고 교양 있는 여성이었다.

친 시가가 그 시대에 보기 드문 명문으로 거의 내가 봤을 때는 황홀할 정도의 상류사회 수준이었다. 단지 재물이 많고 집이 좋아서만이 아닌 높은 인품과 집안 내력도 대단하지만 깊은 상처도 조용히 식이면서 이웃을 사랑하고 겸손하니 그렇게 돋보인 수가 없었다.

한 번은 C여사가 아프다는 소식을 듣고 병문안을 갔는데 평소 그렇게 단정하고 명랑하던 모습은 간데없고 핏기 없이 수척하고 기진한 모습은 의외로 쓸쓸하고 고독해 보였으며 영락없는 서러운 여인의 몰골이었다. 나는 너무 놀라면서 누워 있지만 말고 병원에 가자고 서두르니 걱정 말라면서 마음이 아프다는 힘없는 대답 속에 한없는 절망과 고독을 읽을 수 있었다.

신혼인 그가 공산당에게 무참히 끌려가는 남편을 쫓아 돌 지난 아들을 업고 울며불며 따라 갔지만 끝내 그들의 저지로 놓치고 찾을 수도 없이 지금까지 생사도 모르고 소식도 알 수 없는 생이별의 한을 품고 살아간다는 이야기를 하는데 그때만 해도 순수했는지 철이 없던 나는 얼마나 울었는지 아무리 참을려고 애를 써도 소용이 없었다.

짐작은 했지만 이렇게 속속들이 아픈 사정을 들으니 지금까지 명랑하고 단정했던 모습은 남이 모르는 지고지순의 인내였던 것이다. 숭고할 만큼 처절한 비극은 나를 그렇게 슬프게 했고 눈물 없이는

들을 수가 없었다. 흐느껴 가면서 우는 나를 보고 그 눈물은 수정보다도 보석보다도 아름답고 순수한 이슬이라고 했다. 그때는 그 말이 이해도 되지 않았고 멈춰지지 않는 눈물은 민망하기만 했다.

존경하고 사랑하는 한 여인의 슬프고 애달픈 삶은 눈물 없이는 도저히 들을 수가 없었다. 피곤한 듯 담담하게 들려주는 그의 행복과 불행을 넘나드는 남다른 질곡의 삶은 한 편의 감동의 서사시였고 가슴 절이는 소설이었다.

열어 논 방문 앞 후원에는 유난히 빨간 앵두가 째지게 열려 빨갛게 영글고 있었다. 참을 수 없는 내 눈물은 빗 속으로 앵두를 보는 듯 앵두도 울고 있었다.

C여사가 살아온 인생은 울보인 나에게는 너무도 큰 감동이고 충격이었다. 눈물로 듣는 이야기지만 비극도 이렇게 아름다움으로 승화될 수도 있구나. 나의 감정은 활화산으로 녹아드는 것 같았다.

그때 그분의 성숙된 교양과 풍기는 인품은 내게 존경과 선망이지만 지금도 눈물 없이는 그를 생각할 수도 그리워할 수도 없다. 그동안 세월은 속절없이 흘러 버렸다. 그러나 꼭 그렇게 덧없음만은 아닐 것이라고 생각해 본다. C여사만은 보람된 생을 영위하지 않았을까. 후회 없는 여생을 개척했으리라 믿어 보고 싶다. 아직도 살아계신다면 만나보고 싶다. 내 예측이 틀림없기를 바라면서.

우연히 친구들과 노래방에서 "단장의 미아리 고개"를 선곡하여 같이 따라 부르다가 지난날 한 여인의 기구한 애환이 노랫말에 고스란히 한 구절도 빠짐없이 엮여 있었다.

철사 줄에 꽁꽁 묶여 절며 절며 백 년이 가도 기다린다는 한 많은 미아리 고개.

아, 이럴 수가 옛날 앵두가 째지게 영글었던 후원을 바라보며 한없이 울며 들은 C여사의 인생이 주마등처럼 펼쳐져서 내내 노래는 부르지도 못하고 울기만 했다. 이제는 순수할 수도 없고 보석처럼 아름답지도 않은 회한의 찌꺼기만 토해 내는 눈물.

사정도 모르는 친구들은 아직도 쎈치멘탈 소녀라고 놀렸지만 변 넝 하나 못 하고 헤어졌다.

위대한 승리자를 찬양하며

즐겨 산책하던 강변은 추워지면서 점점 엄두가 나지 않아 게으름을 피울 수밖에 없었다. 실은 어지간한 추위 정도는 얼마든지 참겠는데 추위보다 더 무서운 것은 매서운 강바람이었다. 어찌나 혹독한지 몸을 가누지도 못하게 하는 그 위력은 말로 다 표현할 수도 없을 정도다. 무섭게 불어닥칠 때는 한 발짝도 걸음을 뗄 수도 옮길 수도 없었으니 조금만 방심했다가는 강으로 떨어져 강물에 빠질 수도 있었다. 이러니 강변 산책은 봄으로 미룰 수밖에.

평소 그토록 쾌적했던 산책이었건만 칼바람은 강을 즐기는 인간들의 발길을 시샘이라도 하듯 단칼에 끊어버린 것이다. 강바람은 점점 폭군이 되어 닥치는 대로 무슨 점령군이라도 된 것처럼 기세등등하게 온 강을 할퀴고 헤집었다. 그 포악함이 무섭다 못해 살벌했다.

강은 태고적부터 인간의 삶과는 뗄 수 없었던 인연을 맺고 이어왔건만 알다가도 모를 일이다. 자연의 횡포임이 분명하나 어느 누구도 항의를 하거나 감히 나설 자가 없었다. 이렇게 혹독한 칼바람이 제아무리 미친 듯 난리를 쳐도 강물만은 쉬지 않고 흘러가고 있었다. 그 와중에도 오직 살아있는 것은 강물뿐인 것 같다. 묵묵히 앞만 보고 갈 길 가는 저 강, 참으로 대단한 의지의 강물이었다. 지토록 베서온 갈끝에서 살아남은 자가 과연 강물 말고 또 있을까.

늦게까지 무서리가 쳐도 멀쩡했던 갈대나 무리지어 끝까지 버틸 것만 같던 억세 군락마저도 이미 생명을 잃은 채 환영幻影만 남아서 서럽게 서걱거릴 뿐 회한悔恨의 동작만을 바람에 내맡긴 채 폭군 앞에서는 더 이상 멋도 낭만도 다 포기할 수 밖에 없었으니 그저 허무할 뿐이다.

모든 것은 지난 계절의 풍요를 불탄 자리처럼 폐허가 된 채로 생명이라고는 찾아볼 수도 없고 전쟁이 지나간 자린들 이보다 더하랴! 다만 강가에 의미를 잃은 듯 칼로 에이는 바람을 맨몸으로 버티면서 죽은 듯이 침묵하고 있는 저 버드나무. 과연 그들은 살아 있기는 한 것일까? 무서운 칼바람의 횡포에 우직하리 만큼 잘도 버티고 있었지만 몰골은 한없이 추레한 패잔병이었으니 비참하기 이를 데 없었다. 살기 위한 인고의 처절한 체념인지 더 이상 물러설 수도 없는 무기력한 항복을 했건만 칼바람은 모질게도 흔들고 후려치고 사정없이 계속되는 가혹한 매질이었다. 무슨 형벌이 저리도 잔인할까.

지난 여름 그 무서웠던 태풍의 잔혹사에도 넘어지고 쓰러지면서 작은 잎사귀 하나까지도 자기 피붙이라고 끝까지 껴안고 놓지 않았는데 지금은 이미 단 한 잎도 남김없이 손을 놓아 버리고 극한의 형벌 앞에 걸친 것 하나 없이 나신이 된 것만으로도 형벌 중에 중벌이건만 무슨 업보가 저리도 모질기만 할까. 도대체 끝도 없는 칼바람의 채찍은 멈출 줄을 모른다.

가지는 꺾이고 둥치는 지탱하기 조차 힘들어 뿌리째 뽑히지나 않을까 안타깝다 못해 가슴이 조여 들었다. 자연의 질서가 저토록 가혹함을 보여 주는 것인지 군대 기합이 세면 셀수록 질서와 기강이 바로 선다고 하니 알량한 인간들이 자연한테서 배운 것이 고작 저런 가혹함뿐이란 말인가. 얼마든지 좋은 점도 많을 텐데….

아무리 생각해도 내 자신 역시 자연의 산물이지만 알 수 없는 이치는 인간의 치외법권治外法權인 것만은 틀림없었다. 윙윙 우는 소리는 참다참다 못해 하늘로 향한 호소인 듯 그 절규가 눈물겨웠다. 우우하고 토해 내는 한숨은 절친한 강물에게나 할 수 있는 하소연일지도 모르지만 아무 도움이 될 수 없는 것은 강물이나 인간 역시도 자연의 한낱 보잘 것 없는 역할이 원망스러울 뿐이다.

평화로웠고 온화했던 계절, 유독 맑은 공기 시원한 바람은 포근하다 못해 세속의 근심마저도 잊게 해 주었고, 온갖 야생화는 지천으로 피어 아름다운 자연을 맘껏 누리게 했던 것은 사부자기로 얻어진 것은 결코 아니라는 것을 깨닫게 했다. 이 겨울 악마와 천사 두 얼굴을 경험하고 보니 자연의 무한한 비밀이나 오묘한 섭리를 인간이 알고 있으면 얼마를 알았겠는가 싶다. 그래도 가장 중요한 것은 칼바람을 이겨낸 위대한 승리자를 발견했다는 사실이 스스로 대견

했다.

그들은 새로운 계절이 되면 푸른 버들을 강물에 늘어뜨려 보나마나 온 강을 아름답게 장식할 것이다.

산을 바라보는 것은 산에 나무가 있었기 때문이 아니었을까. 인간들은 나무가 좋아 산을 찾았고 나무가 있어서 산은 그토록 아름다웠다. 산을 사랑한 것도 나무가 거기 있었기 때문이다. 그 한 그루한 그루가 어디서나 고통 없는 삶이리고는 생각지 않는다. 당연히 눈보라도 견뎌야 했고 어둡고 외로운 밤은 물론 벼락과 낙뢰와 태풍도 감수했을 것이다.

지리산 산상에 뼈만 남은 천 년생 주목들에게서 강바람 못지않는 형벌의 흔적도 그렇다. 여기 버들 또한 늙고 모진 시련에 비록 자세는 굽었을지언정 천부적인 재주, 유연한 춤사위는 강물과 더불어 아름다움으로 조화를 이룰 것이며 우정으로 승화된 새로운 모습이 기대된다. 새봄의 수양버들의 변신을 기다리며 그 혹한의 전쟁을 이긴 그들 위대한 승리를 가슴 깊이 찬양하면서 뜨거운 존경을 보낸다.

유정 有情

　최필금 여사와 처음 알게 된 것은 지금부터 한 30년은 족히 되는
것 같은데 우리는 서로를 알아보지 못하고 그저 식당 주인과 식객
으로 만난 것이다.

　식당 유정의 특징은 주인이 매우 부지런했고 항상 빠른 동작으로
종업원들과 같이 열심히 움직이는 모습을 자주 보았다. 주인이 직
접 앞장을 서서 팔을 걷어붙이고 진두지휘하니 음식도 괜찮고 서비
스도 좋아서 식당은 항상 손님들로 발 디딜 틈이 없을 만큼 만원이
었다.

　장사를 잘 하는 것도 알고 보면 다 장사하기 나름인 것 같다. 점심
먹으러 갈 때마다 느끼는 것인데 식당 주인의 재치와 친절과 열심
히 노력하는 모습이 매우 호감이 갔는데 더 놀라운 것은 벽에 전시
된 주인 아주머니의 자취들이었다. 여러 가지 표창장과 사회 참여

소중한 것 8F 장지채색

도며, 봉사활동, 취미활동이었다. 참으로 훌륭하고 대단한 여성이구나. 늘 마음으로 감탄이 우러났다. 이렇게 바쁘고 힘든 일을 하면서도 사회활동, 취미활동 등 자신을 위한 시간을 할애한다는 것은 매우 지혜로울 뿐만 아니라 대단한 인간 승리였다. 그중에도 더욱 놀랍고 대견한 것은 자기가 지금까지 고려대학교 옆에 살면서 많은 고대생들을 상대로 하숙을 치고 식당을 하다 보니 음으로 양으로 고려대학교가 자신의 사업에 많은 도움이 되었음을 깨닫고 거액의 돈을 고려대학교 발전을 위해 기부를 해서 그 고마움에 대한 보답을 하고자 한 것이다.

학교에서는 총장 이하 많은 학교 식구들이 대단하게 생각하는 것은 물론이고 아름다운 미담은 온 사회를 감동시키고도 남았다.

감사장의 내용이며 화려한 최 여사의 여러 가지 활동을 늦게야 알았지만 학교뿐만 아니라 많은 손님들도 주인의 미덕을 기리면서 식당을 애용하고 식당은 손님을 식구처럼 맞이하는 걸 보니 서로가 고마움의 보답인 듯 상생의 아름다움을 느낄 수가 있었다.

힘든 식당을 경영해서 번 돈을 거대한 대학을 상대로 고마움을 보답할 줄 아는 참으로 훌륭한 시민이었다. 사회에서는 더러 애국한다고 외치는 자도 있지만 여기 정말 성숙한 애국자는 따로 있었다.

학교에서는 최 여사의 위대한 정신을 높이 평가해 총장님은 당신의 자리까지도 비워 주면서 최 여사를 앉게 할 정도라고 했다. 세상에는 사업도 잘하고 돈 많은 부자가 많지만 그 돈을 벌 수 있게 한데 대한 고마움을 아는 자는 과연 얼마나 될까? 설령 알고 있다고 해도 그렇게 어렵게 번 돈을 더구나 거액을 기부할 수 있는 자는 또 얼마나 될까!

요즘도 재벌들은 형제간 재산 싸움이며 탈세로 온갖 추하고 부끄러운 모습만 보여 주기 일색인데….

점심 먹으러 갈 때마다 느끼는데 음식은 성의 있게 하는 것은 물론이지만 값도 비싸게 받지를 않는 것 같다 항상 따끈한 돌솥밥은 맛도 좋은데 육 천원이다. 찌개의 맛깔스런 찬이 곁들이는데 저어도 만원은 받아도 비싸지 않다는 걸 다른 음식집에 가 보면 그 보다 못해도 요즈음은 다 만원이 넘는 곳도 많다. 주인이 직접 챙기니 음식은 항상 모든 손님이 좋아하고 만족한다. 정성이 바로 맛이 아닐까. 이런 최 여사와의 인연은 적은 세월은 아니다.

30년 전 우리가 학부모와 담임교사로 만났을 때는 젊기도 했지만 자식에게는 매우 열성적인 어머니였고 언제나 긍정적인 후원자였다. 전근이 되는 바람에 그 학교를 떠나면서 우리는 헤어진 것이다. 헤어질 때도 다른 학부모들과 달리 남다른 의리와 정으로 많이 아쉬웠는데 30년이란 세월이 서로를 못 알아볼 정도로 각자의 삶은 진지했던 것 같다.

우연히 고려대학 수필 동인지에서 내 이름을 발견하고 이름은 그때까지도 생생히 기억하고 있었는데 무정한 세월이 얼굴을 몰라보게 한 것이다. 우리는 다시 만나는 행운의 기쁨을 되찾게 된 것은 가히 기적 같은 해후였다.

그 당시에 옆반 담임이었고 나하고는 단짝인 한 선생은 두 반의 사정을 서로가 꿰뚫었던 그때를 회상하며 "저도 옆반이었는데요.

나는 생각 안 나세요?' 하는 바람에 좌중은 웃음바다가 되었다.

그러고 보니 세월은 많이도 흘렀다. 그 30년 동안 변화도 많았지만 그중에도 나를 가장 기쁘게 한 것은 그때 3학년 아들은 훌륭한 성인으로 사회의 일익을 당당히 감당하는 충실한 가장이 되었고, 1학년짜리 예쁘고 똑똑했던 새침데기 딸은 뛰어난 재원으로 아름답게 성장한 숙녀가 되었으니 너무도 대견하고 감사했다. 이 모든 것도 교사였기에 얻을 수 있는 보람이고 행복이라 생각하니 내 인생에서 가장 귀중한 시간도 그때가 아닐까 싶다. 벌써 아들 딸 다 결혼해서 손자 손녀를 거느린 할머니가 되었으니 그 세월에 서로를 알아보기는 쉽지 않았을 것도 크게 흉은 아닐 것이다.

그렇지만 내가 생각한 한 가지 확실한 것은 그 엄마의 그 열정어린 뒷바라지는 반드시 훌륭한 자식으로 키울 수 있을 것이라는 기정 사실 하나는 믿고 있었다. 맹모의 교육방법이나 교육열에도 조금도 뒤질 수 없었던 어머니였다.

최필금 여사는 훌륭한 사업가요, 훌륭한 시민이며, 자랑스러운 어머니였다.

오늘도 유정有情에는 맛있는 음식이 정성껏 만들어지고 언제나 많은 손님으로 가득 차는 훌륭한 식당으로 오래도록 번창할 것임을 확신한다.

회룡포의 가을 햇살

아침 공기가 손이 시릴 만큼 차가웠다. 가을은 이미 깊어져 떠날 준비를 하는 것 보니 세월은 바퀴라도 달린 것 같다. 아침 여덟 시 집결이라 일곱 시 전에 서둘러 나섰다. 올 가을은 초다듬부터 나가는 일이 연이어져 미안하기도 했지만 그나마도 다닐 수 있게 다리가 성하고 건강하다는 것이 얼마나 다행인지 오히려 감사해야 할 일이 아닌가 싶다. 머지않아 가고 싶어도 갈 수 없는 날이 곧 올 텐데 생각하면 지금이라도 열심히 다녀야 하는 게 맞을 것도 같다.

요즘은 산다는 것에 지나친 욕심을 부리는 것 같기도 하다. 늙기 전에 여행도 해야 하고, 죽기 전에 맛있는 것도 먹어야 하고, 보고 싶은 것 하고 싶은 것 전부 생각하면 욕심뿐이다. 틀림없는 시한부 인생의 전형을 보는 것 같다. 비록 많은 시간은 남지 않았다 해도 유용하게 보낼 수 있어야 할 텐데 이러다가는 틀림없는 노욕의 경지로 빠질까 걱정이다.

이번 동창회는 경상북도 예천 회룡포로 정해져 일찍 서둘렀다. 거리가 멀다보니 해도 짧은데 도착하자마자 곧 돌아서야 하는 건 아닐지 80객들에게 당일치기는 무리인 것 같지만 어쩔 수가 없었다.

졸업 50주년 이후로는 매년 모임을 격년으로 해 왔는데 이번 모임의 주요 의제는 내년으로 다가 온 60주년 행사 준비를 위한 모임이기도 했다. 부지런히 달려 갔지만 벌써 행사장에는 환영 프랑카드며 사방에서 모인 친구들이 백발을 날리며 기다리고 있었다.

언제라도 만난다는 것은 반가웠지만 이번에는 많은 늙은 모습들이 반가움에 앞서 건강하게 참석해 줘서 고맙고 대견함이랄까 뜨겁게 가슴을 치받았다. 우리는 얼싸 안기도 하고 손을 잡고 흔들며 반가워서 서로 눈물을 글썽거렸다. 해가 갈수록 만남의 감회는 절실해 졌다. 약해져서일까? 서로 변해 가는 모습이 서러워서일까? 만남은 쌓일수록 더 애틋해지는 걸 보면 지는 해가 서산을 더 빠르게 넘어가듯 이제는 한 해 한 해가 늙음으로 무섭게 달리는 걸 보니 가속이라도 붙은 것 같다.

은발은 당연했지만 불편한 몸으로 만나니 더 반갑고 애처로웠다. 가장 가슴 아픈 것은 유명幽冥을 달리한 친구들이 안타깝게도 자꾸 늘어났다. 행사 때마다 앞장서서 봉사하던 그 친구가 너무 많이 생각났다. 또 한 친구는 내 책을 읽고 어메 생각이 났다며 울먹이던 전화 목소리가 마지막이었다. 인생의 허무함을 알려주고 떠난 것 같다. 오늘 이렇게 모여도 언제 어떻게 될지는 아무도 모른다. 우리가 어찌 내일을 기약할 수가 있단 말인가.

이 엄청나고 절박한 현실 앞에서 저 세월 쓰나미를 어떻게 해볼 방법은 없을까?

우리가 누구냐? 한 빛 밝은 새녁 복판, 안동 사범은 우리의 배움터라 했는데 우리들이 살아 있는 동안 이 소중한 친구들을 정성으로 안부를 묻고 연락하고 관심으로 살펴봐야 할 것이다. 그렇다. 한 번 더 이름 불러보고, 한 번 더 목소리 들어보고, 한 번 더 만나보고, 한 번 더 손잡아 보는 것이 살아있다는 증거일 것이다.

점심 식사 후 졸업 60주년 준비에 대한 논의가 있었다. 지난 50주년 때는 기념집 『半世紀』 상하 권을 발간했는데 지금 다시 봐도 『半世紀』는 충실한 내용에 알찬 편집이었고 훌륭한 기념집으로 손색이 없었음을 자부하고도 남을 만큼 훌륭했다. 어느 명문학교 동창회도 이만한 내용의 좋은 기념집을 내놓은 학교를 보지 못했다고 모두 입을 모았다. 자화자찬이 아니라 실지로 『반세기』 상하 권은 우리 동창 50년사를 훌륭히 엮은 우리들의 자랑스러운 역사였고, 모교의 자랑이었다. 모교는 재원을 배출했고 재원들은 다시 모교를 빛냈다 해도 과언은 아닌 것 같다.

교가를 합창할 때는 백발의 노장들이 옛 은행나무 교정에서 뛰놀던 그 시절 교복 차림의 소년소녀로 돌아가서 감동으로 목이 메었다. 사진을 찍고 또 찍었지만 그래도 아쉬움은 남아 마치 인생 대단원의 막이 내려질 시간이 임박한 듯 서로의 모습을, 서로의 온기를, 서로의 추억을 간직하기 위한 촬영이었다. 웃고 있어도 눈물이 나는 잘박함이 드리워진 표정들.

기억하는 것은 다 아름다운 추억이었고 돌아가고픈 시절이었다. 회룡포의 가을 햇살도 이 아름다운 만남들을 더 오래 붙잡을 수도 없고 안타깝게 기울고 있었다. 겨우 몇 시간의 해후를 위해 그토록 먼 길을 새벽같이 달려왔건만 헤어질 시간이다. 지금 출발한다 해도 한양 길 오백리는 막히는 것 감안하면 벌써 늦었다고 다그친다.

작별 인사가 길어지고 손을 놓지 못하고 서로의 건강을 간절히 부탁하고, 다음 만날 때까지 건강하자고 약속하는데 마음이 무겁게 아팠다. 아니 자꾸 슬퍼졌다. 다시 만날 수 있을까? 또 부탁하고 또 격려하고 또 약속하고 잡은 손을 놓을 수가 없는데 조바심을 하는 건 운전기사뿐 아니라 넘어가는 햇살도 마찬가지였다. 울면서 버스에 오르기는 했지만 60년 전 교정에서 쌓은 정이 이토록 애절할까. 회룡포의 물살마저 말을 잃고 있었다.

이번 만남은 회룡포의 가을 햇살 같이 따뜻하면서도 왜 그렇게 아쉬웠는지. 지는 해가 어디 지고 싶어 지겠나. 모두들 그렇게 건강하자고 굳게 굳게 약속을 끝냈건만 눈물 글썽이는 작별을 회룡포의 햇살이 더 아쉬워했다.

태극기를 바라보며

6월 25일 국경일은 아니지만 아침에 태극기를 꺼내 달았다. 아파트 단지 어느 집도 국기는 달리지 않았는데 나는 오늘 증인으로서 자부할 수 있는 6.25를 잊고 싶지 않았다. 내 조국을 향한 사랑하는 마음으로 아니 위로하고 싶어 국기를 달았다.

열세 살에 겪은 6.25인데 벌써 60년이 훌쩍 넘어도 한참 넘었다. 세월도 빨리 흘렀지만 세상은 6.25를 기억이나 하고 있는지 슬픈 생각이 들었다. 아쉬움인지, 분노인지, 억울함인지, 알 수 없는 응어리가 오늘 아침에 태극기라도 창공에 날리고 싶었다.

우리 윗세대는 거의 떠났고 이제 우리마저 떠나간다면 참으로 6.25는 잊혀진 역사가 될 것이다. 외국에 나가서 태극기만 봐도 눈물이 날 만큼 반가운데 국가대표 선수들은 국기가 올라갈 때 울면서 그때만큼 나라를 사랑해 본적도 없었다고 했다. 늙어지면서 느끼는 나라 사랑도 그들 못지않을 때가 많이 생긴다.

6.25는 아무리 생각해도 억울했다. 우리는 그때 무엇을 하고 있었단 말인가. 그 많은 애국자, 그 많은 정치인들 도대체 그들이 부르짖었던 애국은 무엇이었을까?

1950년 6월 25일 일요일 새벽 북한이 쳐들어올 때까지 우리는 왜, 무엇하고 있었단 말인가! 3일 만에 수도 서울은 함락되었다. 이게 말이 되는가. 나라의 심장 서울을 3일 만에 내놓고 혼비백산이 되고 책임자도 없고, 아는 자도 없고, 저들은 그렇다쳐도 불쌍한 민중들은 우왕좌왕 한강도 끊기고 억울한 죽음, 억울한 납치, 억울한 이별, 그 숱한 억울함을 누가 그렇게 만들었을까? 요즘 걸핏하면 책임지라고 난리들을 치는데 우리에게 언제 책임지는 위정자가 있었던가. 아무리 생각해도 기가 막히는 일이다.

기막히고 억울한 일이 어디 이것뿐인가. 아직도 북침이 아니고 남침이라고 하는 자들이 있다는데 왜 그들이 우리와 같이 살아야 하는지 가슴이 아프다.

그토록 당하고도 분열이 되어 서로를 헐뜯고 있으니 이런 불행이 또 어디 있나. 조국을 생각하면 한없이 안타깝고 가슴이 찢어지는 것 같다.

열세 살의 피난길은 목표도 없이 무서웠다. 치열한 전쟁 속에 한 치 앞이 보이지 않는 절망일 수밖에 없었다. 나라는 거의 뺏기고 손바닥만큼 한 귀퉁이만 남았을 때 20개국에 가까운 국제연합군이 와서 도와주었으니 그나마 정신을 차렸을까? 이러다 보니 전쟁은 바로 국제전이 되었고 힘을 얻어 압록강까지 올라갔는데 중공군 인해

전술로 또다시 밀리니 사상자가 국제연합군 40만, 공산군 200만, 북한 주민 300만, 한국이 50만이라니 실제로 그것은 제2차 세계대전 이후 가장 큰 전쟁이었다고 한다.

3년이란 세월을 전쟁으로 모진 고통을 겪었고 상처투성이 조국을 생각하면 가슴 아픈 비극이 아닐 수 없다. 영화 국제시장 등 잘 표현되었지만 휴전은 조국을 상처투성이 그대로 허리는 살린 상태다. 그 많은 목숨과 피의 대가가 무엇일까? 말로는 다 표현할 수 없는 이 억울함과 불행을 어디 가서 보상을 받아야 하나 가슴 아픈 서러움을 참고 묻어 버리고 그냥 살아야 했던 그 수많은 세월 이산가족들의 애환, 조국을 생각하면 한없이 애잔하고 안타깝다.

우리는 그때 세계에서 최빈국이었지만 오늘날 혁혁한 공로 앞에 감사할 줄 모르고 서로 반목으로 갈등의 골만 깊어지니 너무 슬프다. 열강들 사이에서 이념을 달리한 남북분단도 억울한데 남한 안에서 왜 우리는 이토록 뜻이 다를까? 이것이 민주주의인가? 왜 6.25를 보는 눈이 다를까?

서로를 미워하고 불신하고 너무도 불행한 민족이다.

너무도 불쌍한 조국이다.

너무도 기막힌 운명이다.

열강의 틈바구니에서 수많은 외침의 역사가 부끄럽지 않나.

우리 허심탄회하게 나라를 위해 고심해 보는 것은 어떨까.

힘 없는 민초가 태극기를 바라보는데 이 안타까움은 어찌해야 한단 말인가.

옛 이야기 8 F 장지채색

풀잎은 시들어도 사랑은 고귀했다

서울에 살고 있다고 해서 서울을 다 알 수는 없는 것처럼 이번 문학기행은 서울 안에 말로만 들었던 절두산 순교성지와 그 인근에 있는 양화진 외국 선교사 묘원과 조선 화가 겸제 정선 미술관 및 양천 향교까지 모두 마포구와 강서구에 이웃해서 거리가 가깝고 둘러보는데 별 어려움이 없었다.

참으로 이 가을 뜻깊은 문학기행을 알차게 치른 셈이다. 끝나고는 마곡지구 새 아파트 단지에 이사한 총무댁으로 기습 습격을 해서 좋은 시간을 가진 것도 오늘 문학기행의 대단원을 너무도 아름답게 마무리해주어 늦어서야 돌아왔지만 즐겁고 행복한 하루였다.

조선시대부터 양화나루 잠두봉이라 불렸으며 한강변 명승지로도 유명하였다고 하는 절두산切頭山은 말 그대로 머리를 잘라 처형한

참으로 비참한 역사의 현장이었다. 병인박해(1866년) 당시 수많은 천주교 신자들의 머리를 잘라 죽였다고 하여 절두산으로 바뀌어졌지만 한강의 아름다움을 한 눈에 바라 볼 수 있는 것은 예나 다름없는 절경이었다.

우리 인생에서 종교란 그만큼 목숨도 대신할 수 있는 위로와 구원이 확실했기에 순교정신으로 승화되지 않았나 싶다. 한국의 천주교는 외세로부터 전파된 것이 아니라 자생적인 것에 의미가 크다고 했다. 박해가 얼마나 심했는지 곳곳에 전시된 형틀만 봐도 몸서리가 쳐졌다.

"믿지 않겠다" 는 자백 한 마디는 곧 바로 목숨을 부지할 수 있었는데 믿음의 소망과 사랑을 이미 깨달은 백성들이, 장정, 아낙네, 어린이 할 것 없이 목숨을 초개같이 버리고 하늘나라를 택했던 것이다. 순교의 정신은 이 땅에 참으로 위대한 씨앗을 뿌렸기에 오늘이 있지 않았을까.

양화진 외국 선교사 묘원에서는 많은 외국인 선교사들이 이 땅에서의 사명을 다 하고 물론 영혼은 하늘나라에 있지만 육신은 여기 안장되어 있었다.

1890년에 와서 43년 동안 한국에서 여성의 몸으로 고난의 의료 선교를 헌신하고 간 로제타 홀 선교사의 감동의 일기장에는 인간의 힘이 신의 경지를 넘보는 것 같기도 했다.

언더우드 일가 등 많은 업적이 새겨진 묘비가 참배객을 더욱 애달프게 했다. 이름 모를 수많은 선교사 부부, 그의 후손들 묘소 위에 헌화된 시든 국화마저도 쓸쓸한 것은 무엇일까. 이 땅의 흔적인 묘

역은 비바람에 분봉은 사그라들어 겨우 사각표시 형체만 남아 늦은 가을볕에 풀잎은 시들어 마르고 비석에 새겨진 글씨는 언제까지 남아 있을지 벌써 잘 보이지 않았다. 영원한 천국에서 길이 편안하시길 빌면서 돌아섰다.

　다음은 겸제謙齊 정선鄭敾 미술관을 찾아 갔다. 조선시대 진경산수의 내가 겸제의 뛰어난 예술혼이며 그기 남긴 작품은 바로 살아 있는 역사였다. 진경산수화로 모든 그림이 사실이고 바로 진실이었다. 그 실체가 시대를 고스란히 담아 전해지고 있는 귀중한 사료요, 고증이 된 데에 대해서는 화가의 역할이 얼마나 중요하다는 것도 다시 깨닫게 했다. 겸제는 40년 관직생활 중 종2품 벼슬까지 했으나 세속을 뛰어 넘고 인간으로서 품격과 예술혼을 잃지 않았다는 것이 오히려 빛날 뿐이다. 그가 쓰고 버린 붓이 산을 이루었다는 뒷 얘기는 그만큼 노력하는 화가의 품성과 정신의 폭과 깊이가 아닐까. 명장과 명작이 탄생할 수 있는 이유이기도 하다.
　지금에 와서 다시 그 뜻을 기려 교육에 다방면으로 기여하는 모습이 매우 보람되고 마음에 들었다.

　이번에는 양천 향교까지 찾아가는 데는 별 어려움은 없었다. 향교는 고려시대를 비롯하여 조선시대까지 계승된 지방 교육기관이었다. 양천 향교도 태종 11년(1411년)에 유학을 토대로 한 교육기관으로 건립되어 유학을 연구 강론하는 지방 교육기관으로서의 역할을 하다가 구한말 갑오개혁(1894년)으로 과거제도가 폐지됨으로 모든 기능은 상실되고 유교를 창시한 공자와 그의 제자의 위패를 모신 곳이기도 하다.

본체 명륜당에 50명의 학생이 공부했다는데 너무 좁아 보였다. 지금 학교 교실의 4분지 1은 될까? 동재와 서재 학생들 숙소 역시 작아 보였다. 격세지감일까? 그리고 홍살문은 충신 효자 열녀들을 표창한 것인데 왜 향교 앞에 있는지도 이해가 되지 않았다.

이제 끝으로 마곡지구 새 아파트 단지로 쳐들어갔다. 모든 것은 발전하기 마련인 세상이다. 아파트 역시 같은 평수라도 설계가 매우 과학적이면서 인간 위주의 현대식으로 많이 편리해 지고 아름다웠다. 하기사 한옥도 요즘은 입식, 수세식, 침대식으로 발전하는데 이 땅에 아파트가 도입된 것도 거의 60년의 역사에 육박하지 않을까? 우리는 맛있는 것 먹으면서 재미있는 이야기로 오늘 일정을 행복하게 마무리했다.

그 나무 아래 잠들어다오

2월도 내일이면 다 가는데 오후가 되면서 눈발이 하나 둘 날리기 시작하는 것 같더니 하늘은 금방 어두워지면서 눈발은 갈수록 광란으로 변해 앞이 보이지 않게 퍼부었다.

입춘 우수 다 지나갔고 이제 경칩이면 개구리가 잠에서 깨는데 봄눈 치고는 순식간에 어마어마한 폭설로 장관을 이루었다. 이맘때면 봄비가 내려야 하는 게 아닐까. 쏟아지는 눈은 한 계절을 마무리한다는 각오와 새로운 계절을 맞이하는 서설瑞雪 같은 엄숙함마저 들게 했다.

갑작스런 눈 폭탄으로 도로는 자동차들이 줄로 이어져 눈을 잔뜩 뒤집어쓰고 엉금엉금 기고 있었다. 인간들은 갑자기 당하는 어려움에 어찌할 바를 모르고 하나같이 정신을 차리지 못하고 저리도 빵빵 거리며 시끄럽게 당황하는데 강물이나 나무들은 한결같이 흰 눈으로 덮인 채 고고하다고나 할까 조용히 침묵으로만 일관하고 있었다. 먼저 떠난 내 동생처럼 마치 안식이 시작되는 길목 같았다. 어쩌면 호들갑을 떠는 인간들을 나무라지는 않겠지만 미상불 좋게 보지는 않을 것이다.

온 천지 사방이 흰 눈으로 보기 싫은 것도 더러운 것도 모두 모두 덮고 또 덮고 가라앉게 하더니 금방 새하얀 설국의 신천지를 만들어 버렸다. 이러다가는 오는 봄마저 그대로 눈 속으로 묻어 버리는 것은 아닌가 했지만 버들강아지는 얼음 속에서도 싹을 틔우고 복수초는 눈 속에서도 아름다운 꽃을 피우는 걸 보면 봄눈이란 봄을 맞이하러 온 것이 틀림없다. 그렇다면 오늘 내리는 눈은 뼈 속까지 에이던 추위도 매서운 칼바람도 포근히 감싸듯 덮어 주고 겨우내 목말랐을 마른가지에 생명수를 축여 줄 것이다.

날은 어두워지는 데도 눈발은 그칠 기미가 보이지 않는다. 그래 끝없이 많이 많이 퍼부어라. 오늘 저녁에는 저 멀리 갈매나무 아래 잠들고 있을 사랑하는 내 동생에게도 포근히 내려다오. 멈추지 말고 계속 내려 따뜻이 덮어 주길 바란다.

몹시 그리울 때마다 그 매정했던, 다시는 뒤도 돌아보지 않고 떠나 버린 이별이 너무도 무섭도록 냉정해서 얼마나 원망하다 못해 미웠었는데 그게 어찌 원망해서 될 일인가. 미워한다고 될 일인가마는 돌아볼 수 없었던 저는 가고 싶어 갔을까. 혼자서 가는 그 길이 얼마나 외롭고 무서웠을까. 슬펐을까.

오늘밤 서설은 너를 위한 향연으로 맞아주렴. 서러운 3월은 다시 오는데 한 번 떠난 네 모습은 어찌하여 다시는 볼 수도 없단 말이냐.

참으로 안타깝고 그립고 보고 싶다.

그 갈매나무 아래 편히 잠들어다오.

사랑한다. 만날 때까지 안녕.

갚지 못한 은혜

아직도 그때 일은 어제일 같이 생생하고 잊을 수가 없다. 그때만 생각하면 멍하니 한 시간도 좋고 두 시간도 좋고 한없이 새롭기도 하고 감사하다.

벌써 30년이 훌쩍 넘은 걸 보면 세월처럼 빠른 것도 없는 것 같다. 중병을 앓았던 남편에게는 건강 이외는 어떤 기대를 가져 본 적도 가질 수도 없으니 그냥 하루하루 무사히 보내는 것만으로도 감사했는데 생각지도 않은 중책을 맡는 기회가 오게 되었다. 본인은 심기일전의 각오와 남자들 특유의 근성인 책임감과 의무로 열심히 근무하고 있었지만 워낙 무서웠던 치료 방법은(대수술 항암 주사 방사선 요법 등) 신체 각 부위를 시간이 갈수록 혼돈에 빠지게 했다. 차츰 면역성 결핍으로 소화도 잘 못시키고 몸이 자꾸 야위어 심지어 무기력 상태까지 오게 되었다.

담당 주치의 자신도 절망적인 난색을 하면서 입원이라도 해서 정밀검사를 다시 받도록 하자는 것이다. 조금도 희망적인 견해가 아니고 책임도 없는 막다른 방법에 불과했다. 5년 생존설을 힘겹게 넘긴 상태이건만 산 넘어 산이었다. 각종 증세는 환자가 감당하기에는 거의 심각한 상태까지 온 것 같다.

차라리 직장에 사표를 내고 치료에 전념하자고 하니 환자 자신은 일하다 죽으나 놀다가 죽으나 죽는 것은 겁나지 않으니 일단 이 여름휴가부터 갔다와서 진로를 결정한다는 것이었다. 참으로 마지막 카드를 꺼낸 비장한 결심이었다. 사람이 죽느냐 사느냐 기로에서 휴가가 웬 말이냐고 주위에서 걱정했지만 본인이 모든 것을 휴가 뒤로 미루겠다고 강력하게 나섰다. 사실이지 어떤 소원도 원하는 것은 다 들어주기로 한 상태였고 5년 생존설이라는 데드 라인도 넘겼는데 여름휴가 그 소원 하나 못 들어줄 이유는 없었다.

몸이 마르고 소화도 못 시키는 상태라 우울하고 창백해진 환자에게 뭔가 새로운 전환이 필요할 것 같았다. 나는 급하게 나의 친구 K님께 사정 이야기를 하니 당장 내일 새벽 덥기 전에 강원도 쪽으로 떠나자고 했다. 모든 일정과 계획을 일임하고 준비에 들어갔다. 지금까지 항상 어떤 어려움도 상의했지만 그는 거의 나에게는 문제 해결사로 도움을 아끼지 않았다. 너무 고마웠다. 형제 같은 결단이었다. 나중에 알게 된 일이었지만 운전을 못 하게 된 사정도 있었는데 다른 계획이며 모든 것을 취소하고 우리의 사정을 가장 잘 알고 환자에게 용기와 희망을 주기 위해 강행한 것이다.

잊을 수 없는 고마운 일이었다.

나는 끓인 죽을 마호병에 담고 물을 준비해서 그집 내외 우리 내외 모든 준비에 만전을 기했다.

강원도에서도 가장 청정지로 알려진 정선에 도착하니 공기도 맑았지만 물도 맑았다. 숙소를 정하고 제일 먼저 k님의 특기인 물고기를 잡기로 했는데 환자는 조수 역할로 따라나섰지만 기운도 없고 삐쩍 마른 체구에 겨우 빨간 양동이를 들고 따라가는 모습이 오래도록 죽으로 연명해 쇠약해진 몰골이 너무도 안쓰럽고 처량할 정도로 말라 있으니 별 희망도 갖기 어렵고 그저 정선의 맑은 공기나 마시고 갈 수밖에 없다는 생각이 들었다.

맑은 냇물에는 고기가 많았다. 매일 같이 새롭게 경험하는 것은 신기하고 쾌적한 환경이었다. 솜씨 좋은 사모님이 써주신 어죽은 환자의 입맛을 돌이키는데 명약이 되었다. 입맛이 살아나고 소화가 정상이 되니 기운을 얻고 생기가 날마다 몰라보게 살아났다. 일주일 동안 K님 내외분의 세심한 배려로 남편은 기상천외한 자연의 진기를 다 체험하면서 하루하루를 새롭게 살아나게 되었다. 힘을 얻게 된 것이다.

그저 소원이나 들어주려고 한 휴가인데 시작할 때 암담했던 구름은 다 걷힌 듯했다. 이 짧은 시간에 이토록 행복한 결과를 얻다니 참으로 놀랍고 감사했다. 마지막 날은 100가지 생야초로 만든 만병통치(?) 환약까지도 구입해서 다시 살아오는 행운을 만끽할 수 있었다.

이 모든 고마운 우정의 은혜는 곧바로 생명의 은인이었다. 기적같이 건강을 찾았다. 다시는 병원에 갈 이유도 없이 출근하니 모두들 일주일간 휴가가 무엇을 어떻게 치료했으면 이렇게 건강하냐고 할 정도였다.

　우리는 아직도 그때 그 고마웠던 은혜를 갚지도 못하고 있는데 k 님의 건강이 옛날 같지 않다니 걱정스럽다.

　부디 하루 빨리 회복되길 간절히 바랄 뿐이다.

돌팔이의 변辯

손톱 밑에 가시가 들어도 참을 수 없이 거북한 건 당연한데 남편은 발바닥에 강한 굳은살이 박혀 걷는데 불편해 했다. 운동을 너무 심하게 해서 그렇다고 타박도 했지만 좀 심각한 것 같았다.

새끼발가락 아래쪽, 걷는데 가장 힘을 많이 받는 바닥은 몸 전체의 균형을 잡는 곳이 돼서 그런지 굳은살이 발달될 대로 되어 걸을 때마다 아프다고 했다. 가만히 보니 단단한 각질이 거의 돌 수준으로 변해서 꼭 티눈처럼 두드러졌는데 이보다 훨씬 크고 작은 동전 정도의 면적이었다. 주변 피부는 붉게 충혈이 되었고 바위섬처럼 들어난 굳은살은 발을 딛는데 아플 수밖에 없었다.

더운 물에 불려서 떼내거나 깎아내고 싶어도 이미 석회화된 각질은 요지부동이었다. 균이 침범했는지 열이 나고 있었다. 우리의 신체는 어느 한 곳도 허술할 수 없음은 이미 알고 있었지만 발바닥의 고장은 보통 만만하지 않았다.

그동안 외과 치료가 별 효과 없다고 다시 성형외과로 옮겼는데 일 년이 다 갔건만 여전해서 하는 수 없이 정형외과로 옮겼다. 그들은 바로 찾아왔다고 했지만 역시 수술 부위에서 염증이 생겼다. 병은 자랑하랬다고 다시 발 전문병원을 찾았다. 역시 발 전문도 환부는 아무는 듯하다가 다시 도루묵이었다. 시간만 보냈다.

아니 시간뿐 아니라 돈도 함께 보낸 것이 맞을 것이다. 우리는 마침 미국에 다녀올 일이 생겨서 혹 미국서 치료를 받으면 나을 수도 있지 않을까 기대를 갖고 태평양을 건넜다.

새로운 치료가 시작되면서 물론 항생제도 다 쓴 상태인데 피부가 봉합된 자리에서 염증이 또 생겼다. 석 달 후 다시 귀국할 때까지 끝나지 않았다.

집에 돌아오니 병원을 다시 찾을 기력도 없고 다시 가볼만한 병원도 없었다. 그때 불현듯 조상들이 했다는 치료방법이 생각났다. 참으로 잊고 있었던 지식이었다. 일침一鍼 이구二灸 삼약三藥이라는 말이 기억났다. 침으로 다스리는 것이 일등이고, 이등은 뜸을 뜨는 것이고, 약은 삼등이라는 뜻이다.

그러니 약보다 침이 효과가 빠르고 그 다음이 뜸이라는 것이다. 침에 대해서는 아는 것이 없고 뜸을 생각해 보았다.

곧 바로 경동시장에 가서 약쑥 한 자루를 사고 깡통에는 못으로 구멍을 내어 공기가 잘 통하게 한 다음 쑥을 한 주먹 단단하게 뭉쳐 불을 붙여 넣으니 얼금얼금 한 깡통에서 뭉글뭉글 연기를 피어 내고 있었다. 그 깡통 위에 아픈 부위를 얹어놓고 쑥 연기를 쐬도록 했다. 연기도 연기지만 쑥 냄새도(쑥 향은 그렇게 나쁘지 않음) 나고 해서 집 밖에 나가서 매일 쑥 연기를 쐬게 했다. 물론 이 방법은 본 적도 없고 들은 적도 없었는데 어떻게 생각해 냈는지 막다른 골목에 다다른 궁여지책이 바로 이런 것이구나 싶었다.

정작 환자 본인은 무슨 생뚱맞은 짓이냐고 달가워하지도 않을 뿐 화를 냈는데 전쟁 때 쑥밭에 쓰러진 병사는 다 살아났다는데 밑져 봐야 병원만 하겠느냐고 살살 달랬다. 남자들이란 알고 보면 단순하다. 제 아무리 천하를 호령했던 자도 아내 말 듣고 손해 본 자가 있을까 자다가도 떡이 생긴다는 아내의 말인데.

꼭 거짓말처럼 물기가 걷히고 새살이 나오더니 씻은 듯 나았다. 모두 합치면 열흘은 되었을까 너무도 신통한 결과에 감탄하지 않을 수가 없었다.

그동안 병원 다니면서 의사들도 난감했던 치료가, 우리를 그토록 실망시키던 치료가 놀라운 쑥의 효과에 나는 그만 쑥에 반하지 않을 수가 없었다. 여러 가지를 쑥으로 다스리는 재미에 푹 빠졌다. 말하자면 쑥 매니아가 된 것이다. 쑥 찜질로 여러 가지 효과도 보고 이웃이나 친구들에게 권해 보지만 돌팔이를 신뢰하기는 어려울 것 같다.

요즘 와서 급격히 심해진 노안으로 쓰던 돋보기가 흐릿해 지더니 드디어 글씨가 잘 보이지 않았다. 실망이 커서 안과에 찾아가 돋보기의 도수를 더 높일 수가 있느냐고 물으니 더 높일 수는 있지만 눈에 무리가 오니 이제는 책은 그만 보고 TV 시청으로 만족하라고 했다. 너무 슬펐다. 그러나 내가 누구냐 쑥 매니아가 이대로 주저앉을 수는 없었다.

헝겊 주머니를 만들어 쑥을 두툼히 채우고 전자렌지에 가열한 다음 눈에 찜질을 했다. 저녁마다 자기 전에 한 시간씩 일주일 하고나니 안보이던 돋보기가 다시 보였다. 너무도 감사하다. 새 돋보기를 맞추러 갈 일도 없고 친구들에게 권했다. 나는 쑥 전문가는 아니어도 쑥 애호가다. 돌팔이는 틀림없는데 내 사신에게 충분히 검증한 치료방법이니 마음 놓고 권하고 싶다. 물론 더 연구할 것이다

씨크라멘의 비밀

그해도 봄이지만 아직 쌀쌀했는데 벌써 아파트 앞에는 꽃시장이 열렸다. 예쁜 꽃들이 별로 비싸지도 않고 해서 청초하고 깨끗한 흰색과 화려하고 정렬적인 붉은색 꽃이 핀 화분 둘을 골라 왔더니 집 안이 온통 새봄 분위기로 확 바뀌었다. 무슨 꽃이나 꽃은 역시 아름다움의 여왕이라는 칭호가 그리 과장된 것은 아닌 것 같았다.

더 귀여운 것은 오래도록 싱싱할 뿐만 아니라 그 봄이 다 가도록 피고 또 피는 것이 화무십일홍花無十日紅을 무색케 했다. 사 올 때는 별 기대도 않고 한 번 피고 말겠지, 또 낯익은 종도 아닌 씨크라멘이란 꽃에 대해 아무런 상식도 없이 들여놓고 보니 의외로 괜찮아 물건 사 놓고 이렇게 만족하거나 행복해 보기도 처음이었다.

흰색은 흰색 대로 청초하고 순백의 깨끗함이 고상해서 백조 같았고, 빨간색은 빨간색 대로 요염하리 만큼 매혹적인 것이 꼭 칼멘을

봄 4 F 장지채색

연상케 했다. 백조와 칼멘, 하나 같이 다 개성 있는 품위와 아름다움을 자랑이라도 하듯 서로 친구가 되어서 정답게 잘 지내고 있었다.

관리에도 별 어려움이 없어 잎도 싱싱하고 봄만 되면 여지없이 화려함을 다투듯 뽐내는 것이 별일 없는 두 식구에게는 더 없는 소일꺼리요, 사랑꺼리가 되었다.

그런데 사 올 때부터 화분이 너무 부실한 싸구려서 꽃에 대한 예의도 아닐 뿐 아니라 아름답다고 칭찬만 한다는 것은 너무 인색한 처사 같아서 대우가 필요했다. 그래서 삼년 만에 좀 커다란 도자기 화분을 마련하고 그동안 분가리 한 번 못 해준 미안함도 씻을 겸 흙과 거름을 잘 배합한 다음 두 화분을 함께 옮겼다. 이 정도면 멘션에 해당할 수 있는 새 집에다 더구나 함께 살게 했으니 보기에도 상당한 배려를 한 것이다.

새 보금자리에서 붉은색과 흰색이 잘 어우러져 더 조화로울 것을 기대했는데 웬일인지 빨간색만 만발하고 나중에 흰색이 겨우 한 송이만 피었다. 혹 옮기는 과정에서 흰색을 잘못 다루어 뿌리라도 다쳤나 하는 염려 정도로만 생각했다. 온통 빨간색이니 흰색은 외롭게도 홍화 밭에 백일점白一点이 된 셈이다. 그런데 다음 해는 이상하게도 처음부터 흰색만 피고 있었다. 나중에 겨우 붉은색 한 송이가 늦게 피었지만, 이번 빨간색 한 송이 역시 백화 밭에 홍일점紅一点이 될 수밖에 없었다.

그러나 저러나 참으로 이상한 상황이 아닐 수 없다. 옮겨 심을 때 잘못된 것도 아니고 틀림없이 다른 이유가 있는 것 같았다. 무슨 말 못 할 비밀이라도 있는 걸까? 한 해는 흰색이고 다음 해는 붉은색이

고 교대하는 속내는 무엇일까. 또 각각 한 송이씩만 상대를 마지못
해 늦게 허용하는 이유도 그렇다. 백조와 칼멘, 둘이서 시샘은 아니
더라도 의논해서 색깔을 바꾸는지 아니면 진짜 알력으로 인한 세력
싸움인지….

홍백의 조화를 살려 넓어진 공간에서 아름다움을 한껏 펼친다면
화려한 무대가 될 수도 있을 텐데 아무리 생각해도 이해가 안 된다.

아름답고 청초하기만 한 꽃의 세계도 보이지 않는 암투인지 경쟁
인지는 모르지만 어쩌면 생명 있는 것들의 추함은 어느 종족에서나
있을 수도 있다는 것인가. 꽃은 예쁘기만 할 줄 알았는데 처음 단칸
방에 각각 살 때는 아무 불평 없이 잘도 피더니 이제 고대광실 멘션
으로 이사한 것이 원인이란 말인가.

인간들처럼 욕심이 생기고 경쟁이 되어 추한 것은 다를 게 없단
말인가. 비밀이 바로 그것인가. 천기누설이라도 될까봐 묵묵부답
인가.

올해는 그나마 한 송이마저도 섞이지 않은 붉은색만 피었다. 완
전 적화통일이다. 왠지 섬뜩했다. 독차지하고 싶어 상대를 단 한 송
이도 용납을 않는구나. 물론 내년은 흰색이 주도권을 잡을 것인지
는 모르지만 아무 일 없는 양 아름답기만 한 미의 여왕을 바라보니
아름다움 뒤에 감춰진 암묵적인 저 태도가 도대체 무엇일까. 한 해
는 백조의 무대, 한 해는 칼멘의 무대.

궁중 여인네들의 생활도 화려함 뒤에 투기, 갈등, 음모가 내면적
으로 꽃처럼 진행되진 않았을까. 너무 억측으로 몰아붙인 건 아닌

지.

같이 지낸 세월이 10년은 되었다. 이사 올 때를 기억하면 틀림없다. 처음 삼 년 따로 살 때는 그렇게도 곱게 잘도 피었는데 넓은 데 합치고부터는 한 해도 같이 순조롭게 피는 해가 없었다. 그 사연을 내가 어찌 안단 말인가.

이제는 흰색일까, 빨간색일까 별로 궁금하지도 않고 봄이면 판가름나는 만남일 뿐이다. 올해도 어김없이 봄이 왔다. 백조일까, 칼멘일까?

아, 이게 웬일인가. 새로 피는 꽃은 흰색도 빨간색도 아닌 분홍으로 일색이다. 지금까지 이런 경우는 한 번도 없었는데 분홍색이라니 빨가면 빨갛고 하야면 하얄텐데 기가 막힌다. 도대체 무슨 이런 조화가 다 있는지 저희들도 타성에 젖어 헷갈렸을까? 그러니 흰색도 빨간색도 결정을 못하고 에라! 모르겠다. 중용을 취한 것인가 분홍색으로.

이렇게 되면 백조와 칼멘은 어떻게 되나? 십년 전에 우리 조상은 백조와 칼멘이었다고 말할 건가.

별명別名

　지금도 가끔 이름은 기억나지 않는데 별명은 생각날 때가 있다. 별명이 떠오르면 틀림없이 얼굴도 함께 떠오른다. 그러나 이름은 알 수가 없다. 그렇다면 이름이 별명보다 못 한 건지 이름을 기억해야 하는데 그게 잘 안 된다.

　별명을 지어주고 별명을 불렀던 아이들은 당시 모습은 물론 그때 상황까지도 필름처럼 선명할 때가 있는데 이름은 영 기억할 수가 없으니 참 아이러니하다고나 할까.

　촛빙(식초병)이라는 별명을 가진 어른이 있었는데 그는 이름은 없고 항상 촛빙으로만 불리어졌다. 심지어 동네 꼬마들까지 촛빙어르신이라고 부를 정도였다. 술을 많이 마시고 항상 취한 상태가 더 많아서 촛빙인가 생각했는데 그게 아니고 초등학교 시절부터 붙여진 별명이라고 했다. 아이 시절 술 먹을 일도 없는데 단지 성씨가 신씨여서 붙여진 것이지만 지금은 술이 심하니 별명과 잘 맞아 떨어진 것 뿐이다. 본인은 촛빙이라는 별명을 몹시 싫어하여 별명이 불려질 때마다 화를 내는 데도 한 번 지어진 별명은 떨어지지 않고 평생을 촛빙으로 살고 있었다. 만약 그분의 별명이 촛빙이 아니고 청자연적이었어도 그렇게 싫어하거나 화를 냈을까도 생각해 봤다.

지난날 담임했던 한 여학생이 독서를 즐기고, 서예시간에 글씨도 잘 쓰고, 그림도 잘 그리고, 글짓기도 잘 하는데 성격이 지나치게 내성적이어서 눈도 잘 마주치지 않았다. 칭찬도 해주고 신사임당 재주를 닮았으니 너는 신사임당이라고 했더니 그 후로 반 아이들이 신사임당이라고 불렀다.

고등학생이 된 그가 편지를 보내 왔는데 서두가 '선생님, 저 신사임당입니다' 하면서 그때 좋은 별명으로 지금까지 신사임당으로 불려질 뿐만 아니라 신사임당처럼 되고자 노력하고 있다고 했으며 또 그 별명이 자신의 좌우명이 되었다고도 했다. 지나칠 만큼 얌전하고 내성적인 그가 용기 있게 감사함을 표현한 것은 생각할수록 기특하기도 하고 좋은 별명은 물론 별명이 한 사람에게 주는 영향이 크다는 것도 새삼 느끼게 되었다. 그 후로 학생들에게 될 수 있으면 좋은 별명을 지어 주기로 마음 먹었다.

3학년을 담임할 때였는데 남자 어린이가 중이염을 앓아서 귀에 항상 고름이 나오니 냄새가 심해서 친구들도 옆에 오길 꺼렸고 알고 보니 엄마도 없이 아빠와 형뿐이어서 자연 청결이 부족했던 것이다. 학교생활도 별 재미가 없고 항상 우울해 보였다. 어느 날 체육시간에 씨름을 하게 되었는데 평소 거의 왕따 수준이던 그가 씨름의 요령을 잘 알고 몇 친구들을 차례로 다리를 걸어서 모래판에다 눕혀 버리는 놀라운 실력을 발휘했다. 그때 나는 물론 반 전체가 감격하고 본인도 해냈다는 자부심으로 힘을 더 얻는 것 같았다. 그 당시 이만기가 천하장사로 한창 날리고 있을 때라 나는 그를 당장 천하장사로 임명(?)하고 그날부터 천하장사로 불렀다.

천하장사가 된 후로 그의 태도는 180도로 바뀌고 말았다. 우울하던 모습은 간데없고 아주 명랑해 졌으며 교사를 잘 따르고, 심부름꺼리도 스스로 찾고, 말도 잘하고, 친구들과도 잘 어울렸다. 지금 세월은 많이 지났지만 가끔 천하장사 생각이 날 때가 있다. 어떤 어른으로 변했는지 무슨 일을 하는지 궁금하다.

작은 거인 잔다크, 황희 정승, 나폴레옹, 백설 공주, 박사, 차범근, 안중근, 로댕 등 모두 아이들에게 지어준 별명들이다. 지각대장에게 처칠, 강동구란 학생에게는 특별시로 승격해 주고 여인숙에게는 워커힐이라고 한 것도 지금 생각하면 웃음이 절로 난다.

한 번은 학부모가 와서 자기 딸을 합죽 할마이(할머니)라고 놀리는 친구 때문에 딸이 학교를 오기 싫어 한다는 고충을 털어 놓았다. 그 딸이 턱이 약간 말리듯 나와서 붙인 별명 같았다. 요즘처럼 성형천국이라면 성형이라도 권해 보지만 그때만 해도 성형은 꿈도 못 꾸던 시대라 고민이 되었다. 가해자(?)는 우리 반에서 제일 미남이며 개구쟁이 장난꾸러기인데 앞으로 불러낸 다음 반 아이들이 다 보고 있는 데서 귀에다 대고 조그만 소리로 '합죽 할바이(할아버지)' 라고 정확하게 딱 한 번 하고는 자리로 돌려보냈다. 선생님의 엉뚱한 상황에 좀 뜨악해 하면서 어리빙빙한 표정이었으나 짐작이 가는지 고심하는 듯 부끄러워하는 것 같았다. 이튿날도 반 전체가 보는 앞에서 또 귀에 대고 여전히 작은 소리로 '합죽 할바이' 를 한 번 하고는 자리로 보냈다. 다른 아이들은 선생님과 귓속말이 궁금했겠지만 그것은 어디까지나 비밀이다. 직접 묻는 아이들도 있었지만 저도 모른다고만 했다. 표정은 몹시 부끄러운 듯 이제는 선생님의 의도를 감지한 것 같았다. 이렇게 사흘 동안 하루 한 번씩 그것도 반 전체가 보는 앞에서 속삭여 주었다. 합죽 할바이를.

얼마 지나 피해 여학생을 은밀히 불러 다시는 그런 일이 없었음을 확인했다. 단 세 번 귓속말로 깨끗이 고쳐진 것이다. 그 후로는 친구를 괴롭히는 일도 없고, 장난도 덜하고, 친구들과 사이좋게 지내는 모습이 눈에 띄게 착해진 것 같았다. 변화된 모습이 하도 귀여워 영국 신사라고 불렀다. 지금 생각해도 영국 신사는 훌륭하게 자랐을 것 같다.

첫째 건강했고, 둘째 잘 생긴 남자다움, 셋째 자기 잘못을 금방 뉘우치고 바로 고치는 점이 틀림없는 신사의 품격이었다.

오늘날 사회가 필요로 하는 바로 그런 인물이 되었을 것이다.

야구 바보

야구경기는 누구나 즐기는 좋은 스포츠인 것은 말할 것도 없다. 우리 집 역시 어른도 아이도 야구를 좋아해서 TV중계만 보는 게 아니라 한 때는 야구장까지 가서 직접 관전을 해야만 직성이 풀리는 아주 극성 팬들이었다. 그냥 보고 즐기는 정도가 아니라 경기 작전에서부터 심지어 감독 심판 역할을 다 하는 것을 보면 가소로운 점도 있기는 한데 그만큼 적극적으로 관전의 묘미를 살려 즐기는 방법으로 봐줄 수밖에 없었다.

이렇게 야구를 사랑하는 가족이라고 다 같을 수는 없다. 나는 야구에 흥미도 적을 뿐 아니라 어쩌다 동참이라도 해보려고 하면 경기 상황에 대해 질문이 많다. 심리전이 된 작전이 이해가 되지 않아 수다스럽게 끼어들면 관전의 참 재미라도 깨어질까봐 그런지 대답은 성의도 없을 뿐더러 귀찮아 하는 반응이 역력했다. 이러니 점점 왕따가 되고 무식의 늪으로 빠져들 수밖에 없었다. 언제나 산적같은 일거리를 두고 한가히 야구경기에 몰두하기란 쉽지 않아서 들며 날며 조금씩 주어들을 정도였다. 그래서 자연히 해설에 의존하다 보니 고독한 관중도 아닌 청취자로 전락되고 말았다.

야구에서 팀플레이와 희생 번트가 중요한 것은 인생에도 마찬가지라는 교훈도 다 해설에서 얻은 상식이다. 해설로 즐기는 버릇은 바둑해설을 읽으면서 삼국지는 물론 온갖 명전술 명승부가 다 동원된 재미가 이제는 야구에서도 마찬가지로 버릇이 되었다.

내 여동생네도 식구가 고급(?) 야구 관전단인데 그 집도 안방마님만 어울릴만한 실력이 못 된다고 하니 형제의 혈통은 무시할 수 없는 것 같다.

친구 집도 예외는 아닌 것이 온 식구가 야구경기 삼매경이 되어 환호가 터지면 그때서야 궁금한 엄마가 화면을 들여다보고 한다는 말이 "아니 저 사람은 벙어리냐? 왜 손짓 발짓이냐?" 이런 정도이니 오죽하면 그 남편이 아내의 야구 무식을 폭로했을까. 나는 그래도 감독의 싸인을 벙어리 수화라고 할 정도는 아니지만 야구 무식은 오십 보 백 보이다.

더 웃기는 집도 있었다. 밤늦도록 야구에 미쳤던 가족들이 아침 밥상 앞에서까지 9회 말 만루 홈런의 통쾌한 역전승 장면의 감동을 못 가라 앉혀 밥은 먹을 생각도 않고 떠들기만 하는데, "빨리 밥이나 먹어. 맨날 말로만 홈런 치면 뭘 한다는 거냐?"

애써 준비한 아침밥 못 먹여 보낼까봐 엄마는 속이 타서 신경질과 짜증이 한꺼번에 폭발할 수밖에 없었다. 만루 홈런을 말로만 홈런으로 잘못 알고 있었다. 그 바람에 엄마는 만고에 야구 무식으로 이름을 남겼으니 보통 가관은 아니었다.

초창기에는 집집마다 웃지 못할 에피소드가 많았다.

프로야구가 결성되기 전 고교야구 청룡기 황금사자기 시절이었다. 전국의 고등학교에서 난다 긴다 하는 기라성들만 모인 잔치였다. 그들은 세월이 많이 흐른 지금까지도 프로의 세계에서 지도자로 혹은 현역으로 낯익은 얼굴들을 반갑게 보여주어 고맙다.

당시 중학생이었던 우리 아들들은 시험기간인데도 공부는 제쳐놓고 야구에만 빠져 있으니 어미 마음은 타다 못해 숯이 되었다. 숯에게 야구가 무슨 흥미가 있었겠는가. TV를 부수고 싶을 정도였고 야구가 아니라 원수 덩어리였다.

야구 그만 보고 이제 공부 좀 하자고 달래도 보고 싸우기도 했지만 다 허사였다. 참다못해 방송국에 전화를 해서 학생들 공부에 지장이 있으니 시험기간만이라도 야구중계 좀 중단해 달라고 애원하다시피 호소를 했는데 방송국 대답이 걸작이었다. 전국에 수많은 선배들이 모교 야구경기를 기다리면서 향수도 달래고, 애교심도 키우고, 스트레스도 풀 수 있는 기회는 물론이고, 스포츠는 국민 정서에 특히 야구는 매우 수준 있는 교양프로이니 댁의 자녀는 댁에서 잘 지도할 수 있는 기지를 살려보라고 했다. 참 기가 막혔다. 선배를 위해 후배는 아랑곳할 것도 없단 말인가. 일언지하 거절이다. 적반하장이 따로 없었다. 그때만 해도 자식 잘 키워 보겠다고 방송국과 싸울 정도로 극성도 부려 봤지만 지나고 보니 부질없는 일이었다.

식물이 햇볕과 비뿐 아니라 바람도 자양분이 되듯 야구도 즐기고 놀기도 한 것은 순리의 인간 형성일 것이다. 공부 잘한다는 친구 딸도 인기 야구선수 따라 진학을 결정할 정도로 야구의 인기는 대단했다. 이제는 고인이 된 최동원 선수는 미남이기도 했지만 그 기량은 가히 하늘이 내린 야구선수가 아닐까 할 만큼 대단한 국민적 영웅이었다. 하늘이 내렸으니 하늘로 갔겠지만 안타깝다. 다 야구사에 남을 인물이다.

　나도 처음부터 야구 바보는 아니었다. 현직에 있을 때 쇼프트볼은 구질이 유연할 뿐 야구와 같은데 여교사 한 명이 함께 편성된 야구단에 참여해 직장 대항전 때 우승은 못해도 개인 미기상美技賞을 받은 적이 있다. 별건 아니지만 야구 인생으로 경험인 동시에 경력이라고도 할 수 있는데 어쩌다 지금은 야구 바보로 전락되고 말았다. 야구가 싫어서도 아닌데 그동안 여건이 어두운 숲길이 좀 길었을 뿐이다.

　오늘 해설은 스포츠가 바로 철학임을 지적했다. 그렇다면 야구는 공과 방망이로 만드는 기적의 예술이 아닐 수 없다. 9회 말에도 창조될 수 있는 위대함을 상상해 볼 것이다. 언제나 심오한 해설은 야구 바보인 나를 감동케 했다.

허당들의 일탈

내 어렸을 때는 모든 어른들은 다 철이 들고 또 위대하거나 아니면 대단하거나 다들 똑똑한 줄 알았다. 그렇게 하면 안 된다. 그것도 못 하느냐. 이렇게 저렇게 해라. 정신 차려라. 똑똑하게 대답해라. 울면 안 된다 등 어른들로부터 지도 받던 내용들이다.

그뿐 아니라 어쩌다 조금만 잘 해도 칭찬으로 감싸주던 것도 사실이다. 실지로도 모든 것을 가르쳐 주었고 잘못하면 나무라기도 했지만 배울 것도 많았고 사랑과 관심 속에서 행복하게 자란 건 틀림없었는데 강물 같은 세월이 멈춰주지 않으니 지금은 그 위대했던 우리들의 어른들은 다 떠나갔다.

나이는 먹어도 고아는 고아다. 비바람막이 하나 없는 벌판에 내몰린 채 때로는 사고무친四顧無親의 고독을 씹을 때도 있었다. 세월에 밀려 어른도 되고 어느새 인생 뒤안길까지 접어들었으니 이 정도 살았으면 철들 나이는 되고도 남거나 지난 것 같기도 한데 그럼 철이 들었단 말인가. 대단하거나 위대하거나 똑똑할 수도 있단 말 인지.

조용히 돌아보고 생각해 봐도 어쩐지 가소롭기도 하고 웃음이 나 온다. 영 마음에 들지 않는다. 올바른 판단, 처신, 생각, 행동 등 마 음에 들었던 적이 얼마나 있었던가. 아니 있기나 했을까?

어른이란 단지 세월이 만들어 놓은 위인爲人에 불과한 것은 아닌 지. 그토록 잘났다고 떠들기에 골라 뽑아 국회로 보낸 어른도 알고 보니 별 볼일 없었다. 다른 중요한 자리에 있다는 어른들도 영 신통 치가 않은 면을 자주 보게 되니 실망이 크다.

그럼 세상에 철들거나 똑똑하거나 위대한 어른은 과연 있기나 할 까? 있다면 몇이나 될까?

그렇다고 나는 여기서 모든 어른을 싸잡아 매도할 생각은 없다. 아무리 세월이 만든 위인이라지만 그 세월만은 무시해서는 안 된다 고 생각한다. 그동안 겪은 세상 풍파는 얼마이며 희노애락喜怒哀樂인 들 어느 것 하나 가벼운 것이 있었으랴. 많은 질곡이 세월 속에 녹여 진 것이 바로 어른이니 싸잡아 모든 어른을 가소롭다느니 웃기는 존재만으로 취급해서는 안 될 것 같다.

작은 힘이라도 가족을 위해 노력한 가장도 있을 것이고, 나라를 위해 큰일을 한 애국자도 있을 것이고, 인류를 위해 밤을 밝힌 과학 자도 있을 것이다. 또 아무리 보잘 것 없는 작은 목표라도 그를 위해 노력한 자라면 모두 대단하고 또 위대하다고 말하고 싶다. 그것이 바로 인생이고 어른들의 행로가 아닐까. 그 삶이 나름 철이 들었고 대단할 수도 위대할 수도 있는 것이다.

우리는 살면서 사랑하는 이와 헤어지는 쓰라린 눈물도 흘렸고 삶과 죽음을 넘나드는 절박함도 체험했다. 때로는 뼈저린 고독에 몸서리쳐야 하는 괴로움도 있었지만 그것들은 다 귀중한 경험이고 어른의 자격을 형성하는 자산이었다. 그래서 저 하늘의 별처럼 이 땅에서 소중한 자리를 지켜 온 것도 많은 인내와 노력의 결과가 아닌가. 때로는 울고 싶을 만큼 힘들었지만 잘 참고 지켰다.

이제는 비록 허당이 되어 그 모두를 비워 버린 이 마당에 늙음을 누구에게 더구나 세월에게 원망할 필요도 없고 그저 지금을 소중히 여기면서 감사해야 할 것이다. 왜냐하면 책임도 그 범위가 많이 줄었고 긴장도 고무줄 바지처럼 편리해진 것이 훨씬 좋다. 이제 우리의 할 일은 기억이 있는 한 살아 있는 것이니 사랑하자. 사랑하는 데만 힘써도 시간은 그리 많지 않다. 인생! 알고 보면 그닥 심오할 것도 없는데 어째서 죽도록 밥만 해다 바쳐야 하나 쉬운 방법 찾아보자. 이제는 좀 훌훌 털고 밥하는 일도 집을 지키는 일도 내가 아니면 안 된다는 생각도 내려놓을 때가 아닐까.

철 없다고? 철 없으면 우산 없이 비를 노박하면 대기 중 중금속이 충당할 것이고, 위대하고 싶으면 많이만 먹으면 위는 커지기 마련일 것이다.

대단하고 싶다고? 그것은 오늘도 살아 있다는 사실이다. 이보다 더 대단한 일은 세상에는 없다.

똑똑한 것도 그렇게 중요한 것은 아닌 것 같다. 정확히 측정하는 기계도 별로 없다.

가장 어리석은 자가 지난 세월을 원망한다. 그저 지금을 소중하게 여기고 감사하자.

기억이 살아 있는 한 사랑하자. 사랑하는 데만 힘써도 시간은 그리 많지 않다.

멋있는 여인

이산가족 상봉은 로또복권 당첨 확률이나 다름없다고 하니 기가 막힌다. 이거야 말로 장난도 아니고 혈육을 막아 놓고 흥정이라도 하자는 건데 도대체 세상에 이런 어처구니없는 경우가 왜 사라지지 못할까. 온갖 구실로 이리 미루고 저리 트집잡다가 겨우 맛보기처럼 위선을 떠니 분통이 터질 일이다. 오죽 자신이 없으면 감추고 감시하고 혈육을 만나는 자리에서 울지도 못하게 교육시켜 보냈을까. 차라리 하늘에서 내리는 비를 막아보라고 하지.

수령님 덕분에 잘 산다고 하지만 진정이든 거짓이든 우리는 그 따위 선전에는 관심도 없다. 아무리 새 옷을 입혀 보냈지만 그것도 관심 밖이다. 오직 내 혈육을 살아서 만난다는 그것 외에 무슨 의미가 있을까!

60년을 기다리게 한 만남인데 그 하루만이라도 가족끼리 엉켜 있게 좀 놔두면 어때서 잠깐 보여 주고 또 떼어 놓고 도대체 사람이 할 짓이 아닌 것 같다. 밤을 새운들 그 한을 삭일 수 있을까마는 다시 또 만날 기회도 없으니 그나마 회포를 풀도록 시간을 줘도 부족하거늘 어찌 그 정도 선심도 쓸 수 없을까. 도대체 그쪽 사람들은 우리와 무엇이 다르기에 그렇게 숨길 것도 많으며 숨긴다고 숨겨질까? 차라리 손바닥으로 하늘의 해를 가리지. 조금 만나면 또 떼 놓고 감시하고 무슨 전염병 환자도 아니고 정말 통일이 아니고는 해결의 방법이 없다. 통일, 우리의 소원은 통일, 통일이여!

신혼에 헤어져 60년 만에 만나는 부부를 잠깐 봤는데 그것도 TV 화면이 바뀌는 바람에 이름도 모르지만 아마 80은 넘은 것 같은 여인이 남편과 상봉하는 장면에서 밝게 미소 짓는 모습이 너무도 의젓하고 흐트러짐 없는 자세에 나는 놀라지 않을 수가 없었다. 아, 저 만남이야 말로 아름답다고 해야 하나, 멋있다고 해야 하나, 아니면 당당하다고 해야 하나. 나는 그 장면을 보는 순간 놀라기도 했지만 숨이 멎는 것 같고 가슴이 먹먹해졌다.

웃고 싶어 웃었을까? 반가워서 웃었을까? 중추가 막혀서 웃음이 절로 나오고 말았을까? 60년 세월. 그동안 온갖 어려움과 외로움과 슬픔과 그리움 등을 모조리 살라버린 해탈한 웃음이었을까? 아니면 무엇으로도 표현이 안 돼서 포기한 웃음이었을까?

나는 여인의 웃음 속에서 말로는 어찌 할 수 없는 고통으로 지쳐버린 고뇌를 보았다. 오히려 해탈해 버린 그 여인의 걸어온 삶이 너무 아파 보였다. 이제는 보고 있는 내가 괴로워 가슴이 찢어지는 듯 답답해졌다.

금방 시집 온 꽃 각시가 60년 세월을 할머니가 되도록 기다렸던 남편이건만 운다고 시원하겠소? 통곡한다고 풀릴까? 그 한맺힌 기다림을 조용히 미소로 맞이한 이 여인을 멋있다고 해야 하나?

나는 도저히 이해할 수가 없었다. 저럴 수가 있을까? 용서를 했단 말인가. 생각 같아서는 옷이라도 집어 뜯고 매달려 그동안 어디 갔었냐고, 왜 오지 못했느냐고, 딩굴고 통곡하고 투정한들 누가 저 여인을 잘못한다고, 아니 지나치다고, 너무 심하다고 나무릴 자기 있을까? 그래야 정상이 아닐까?

이런들 한이 풀릴까 저런들 그 한이 풀릴까마는 흐트러지지 않는 침착함은 아무도 울지 못하게 한 일도 없고 말리는 이도 없는데, 체념했다면 상봉장까지 나타날 이유도 없었을 텐데, 진짜 그 옛날 조선시대 여인을 보는 것 같기도 하고 어쩌면 대단하기도 하고 그 침착함이 아름다움을 넘어 멋있다고나 할까. 보는 내가 이제는 이해를 하고 숨을 고르고 흥분하지 말고 저 여인의 마음을 헤아려야 할 것 같다. 그렇지만 저 가슴에 쌓인 아픔을 내 어찌 감히 헤아린단 말인가.

케네디가 저격당해 쓰러 졌을 때 제크린이 oh no를 외치며 울부 짖는 장면을 보고 전 세계가 다 울었다. 그리고 그동안 남편 케네디를 사랑하고 아껴준 모든 이들에게 눈물의 미소로 감사함을 보여 준 것은 교양 있고 세련된 제크린만이 할 수 있는 행동이었다. 그래서 제크린답다고 세계가 감탄했던 기억이 난다.

여기 60여년을 한결 같이 기다렸을 여인은 교양이 있어서 미소 지었을까, 세련되어서 미소 지었을까. 유복자처럼 혼자 낳아 기른

60세 아들은 아버지를 껴안고 우는데 난생처음 부자상봉을 너무도 온화한 미소로 바라보는 여인. 여성 군자다운 교양이라고 해야 하나 남존여비 시대부터 다져진 우리 여성의 인내일까? 미덕일까? 아니면 자존심이었을까?

"아버지, 나에게도 아버지가 있다고 당당히 말할 수 있어요."

울며 외치는 아들의 호소에 아버지인 남편은 흐느끼며 우는데 어머니인 아내는 담담히 흐트러지지 않은 모습이 더 애절하고 가슴이 아팠다. 60년을 어떻게 살아왔으며 얼마나 참고 살았으면, 얼마나 자신을 모질게 다스렸으면 저토록 의연할 수 있을까. 그 세월이 얼마인데 이제는 풀어버리고 눈물 나면 엉엉 소리내도 좋으련만, 이 멋있는 여인의 재차 생이별 장면은 놓쳤지만 더 이상 인내보다 울면서 떠나는 차창이라도 두드렸으면, 그래도 지아비와의 마지막 작별이 아닌가.

집으로 돌아간 멋있는 여인에게 그 무엇도 위로가 될 수 있는 것은 없을 것이다. 온전한 식사를 할 수 있겠나, 모든 것을 잊고 잠들 수가 있겠나, 차라리 긴긴밤 지새도록 우는 것은 그래도 괜찮은데 후회하면서 자신을 또 가혹하리 만큼 다스리지나 않을까 걱정된다.

하나님! 이 비극을 해결할 수 있는 길을 저분들이 죽기 전에 꼭 열어 주세요.

only yesterday

짙은 녹음 속에서 목청껏 울어예던 매미 소리도 어제 같은데 지금은 다들 조용해졌다. 숲은 애오라지 곱게 물들어 단풍 들었지만 이마저 머지않아 낙엽 되어 날릴 것이다.

가을은 점점 깊어 가고 시나브로 우리 곁을 떠날 날도 얼마 남지 않은 것 같은데, 어디 떠나고 헤어지는 것이 가을뿐이겠나. 우리 인생도 다를 것이라곤 하나도 없는데 회자정리會者定離야말로 만고의 진리가 아닌가.

어젯밤 비 뿌리고 그토록 창문을 흔들어 대던 바람은 무엇을 그리도 간절하게 재촉했을까? 헤어질 때가 가까웠다는 것을 일깨워 준 것인지도 모른다.

단풍은 불타듯 절정인가 했는데 어느새 낙엽 되어 한 잎 두 잎 덧없이 떨어지면서 바닥에 그대로 쌓여 양탄자를 깔고 있었다. 화려하다 못해 그 고운 빛깔로 펼쳐 놓은 양탄자에는 사색하는 이들과 또 가을을 앓는 외로운 이들을 모두 초대해 주었다. 그리고는 심호흡으로 마음을 열게 하고 그들의 고민이나 살면서 지친 영혼을 위로하고 다독여 주기도 했다.

어떤 이들은 매일 찾아오기도 하고 또 어떤 이는 늦도록 가는 가을을 만끽하는 것 같았다. 가을이 떠나면서 베푸는 마지막까지의 배려는 역시 자연다운 치유의 선물로 훌륭했다. 우리도 다 자연의 소산이니 자연으로 돌아가는 것은 당연한 수순일 것이다. 영원한 고향인 동시에 안식처가 아닌가.

바스락 바스락 구르몽의 詩가 잔잔하게 그리움처럼 다가온다.

'가까이 오라. 가까이 오라. 우리도 언젠가는 낙엽이리니…'

시인은 그 화려한 양탄자에 얼마나 초대되었으면 이토록 아름다움을 구가할 수 있었을까.

가을은 나를 돌아보게 하는 성숙의 계절이며 사랑으로 충만한 낭만의 계절이기도 하다. 시인이 아니라도 지고지순을 동경하는 눈물겹도록 아름다운 감사의 계절이다. 삼라만상을 소유로부터 자유로워지게 하는 어쩌면 해탈의 계절인지도 모른다.

앙상한 가지만 남겨진 나무를 봐도 그렇다. 아낌없이 내려놓는 달관된 모습은 대지를 향한 끝없는 희생과 사랑과 겸손의 자세가 아닌가.

가을은 한없이 깊어만 가고 있다. 어디론가 떠나고 있다. 세월은 빨리도 흘러간다. 나의 젊은 날도 다 어제만 같은데.

다혈질多血質

전철이 없었다면 이토록 잦은 외출은 좀 자제되었을 것이다. 이사할 때도 전철은 몇 가지 중요한 조건 안에 들어갈 정도였으니까. 더구나 지공승(지하철 공짜 승객)이기도 하지만 나는 공짜가 아니었더라도 전철은 내 취향에 맞는 교통수단이니까 항상 감사하게 애용하고 있다.

약속 시간을 지키는 데는 전철만 한 것도 없다. 안전한 것도 좋았고 오가며 간단히 독서도 할 수 있다. 시간이 없어 볼 수 없었던 월간지도 전철에서 다 읽을 수 있다. 피곤할 때는 잠깐씩 눈을 붙이면 눈도 덜 피곤하다. 차를 직접 몰고 다닌다면 이런 좋은 점은 다 생략이 될 뿐 교통체증 주차난은 기본으로 감수해야 할 것을 생각하면 굉장한 전철의 가치를 알게 된다.

얼마 전에 있었던 일인데 그날따라 전철은 만원이어서 겨우 비집고 들어섰는데 그때 마침 차내 방송이 나오고 있었다. 어떤 내용인지 분명히 알아 듣지도 못하고 끝이 났다. 차문이 열린 채 출발하지 않고 있는 것만 봐도 무슨 일은 있는 것 같은데 방송을 못 들었으니 답답하기만 했다.

그때 한 40세는 되어 보이는 젊은 남자가 몹시 화가 난 얼굴을 하고 연신 불만 섞인 어투를 내뱉으면서 전철 벽에 붙은 비상 전화기를 잡더니 고래고래 소리를 지르며 차가 출발하지 못하는 이유를 명확히 알아듣도록 방송을 똑똑히 하라는 둥 참지를 못하고 씩씩거리는데 정말 기가 막혔다. 시끄러워서 방송을 못 들은 것은 승객 쪽인데 누가 누구를 잘못했다고 저토록 화를 내고 나무랄까. 적반하장이 따로 없었다. 참으로 환한 대낮에 부끄러운 줄을 모르는 행동이었다.

물론 차가 늦어지면 딱한 사정도 있고 낭패되는 일도 있겠지만 언어가 불량하고 화내는 모습은 참으로 이해가 안 되는 장면이었다. 소위 말하는 요즘 갑질 횡포가 바로 이런 것이구나 싶었다. 차비를 내고 승차한 승객이니 승객이 갑이란 말인가. 그래서 저토록 호통을 치는 모양인데 그럼 갑은 이래도 된다는 말인가. 보통 한심한 일이 아니었다. 그러는 중에 전철 문이 닫겨지고 차는 조용히 출발했다. 한 5분은 되었을까 10분까지는 안 된 것 같은데 그걸 못 참고 화를 냈으니 자기가 한 행동에 대해 미안한 생각이라도 들었을까 미안한 것을 알 사람이면 아예 화도 내지 않았을 것이다.

저 남자 분은 차내 긴급 전화기도 사용할 줄 알고 자기가 앞장서서 전철 속 승객을 대표해서 기민한 동작과 능력을 발휘한 봉사정신이 있었는지는 몰라도 참으로 그의 행동은 부끄러웠고 슬펐다. 원인은 다혈질인 것 같았다. 다혈질이야 말로 우리 국민성인가?

많아 봐야 10분 이내 해결되는 문제를 그토록 못 참고 민망하리만큼 자신의 속을 태운 것은 분명히 심각한 증세로 밖에 보이지 않았다.

가까운 이웃나라에도 가 봤지만 그네들의 풍속은 전철 안은 말소리도 조용했고 특히 차 안에서 다니는 사람이 없었다. 불편해도 남에게 피해가 될까봐 이 칸 저 칸을 넘어 다니지 않는다고 했다.

수차례 지진으로 이재민이 그토록 참혹한 상황이 되어도 어느 누구 당국이나 책임자를 향해 불만 불평이나 항의를 하지 않는다고도 했다. 우리와 비교하고 싶지는 않지만 어떻게 하면 그럴 수가 있을까? 전철에서 방송 못 들었다고 비상전화로 호통치던 우리의 대표(?)분이나 아직도 노란 리봉을 달고 수많은 불만을 삭이지 못해 세종로에 진을 치고 있는 그분들이 생각났다.

몇 년 전 파리에서 런던을 가기 위해 도버 해협을 횡단하는 유로스타를 이용하는데 열차에 이상을 알리는 방송이 나왔다. 곧 해결이 되려니 하고 기다리는데 자그마치 4시간 동안 추가방송 한마디 없었다.

거기 사람들은 수준이 높아서 그런지 낮아서 그런지 아무도 항의하거나 궁금해서 차 안을 지나다니는 사람 하나 없었다. 한 시간이 지나고 두 시간, 세 시간이 지나가는데 나는 그때 도버해협에서 수장되는 상상을 다할 정도로 불안했는데 그 사람들은 항의하는 자가 한 사람도 없는 것은 그렇다 쳐도 방송 한 번 더 안 해준 것은 너무

하지 않았을까?

그 문화에 익숙지 못한 나는 그날 힘들었던 것은 사실이다. 내 속에도 다혈질은 흐르고 있었으니 죽음까지도 생각하고 있은 것 보면 틀림없었다.

우리의 전철은 세계 어디를 가도 자랑할 만한 수준이다. 시설면이나 노약자를 위한 배려가 우수하고 깨끗하고 안전하다. 다 좋은데 다혈질인 우리 몇 사람들의 주의가 필요한 것 같다. 더 쾌적한 전철이 상상된다.

열흘간의 꽃잔치

해마다 피는 벚꽃 철이건만 금년은 아파트 안에 벚꽃이 그 어느 해 보다도 유난히 흐드러지게 많이 피었다. 원래 새봄에는 샛노란 개나리의 화려함이 주인공이었는데 언제 피었던가 삼월은 꿈결같이 지나갔고 지금은 아파트가 온통 벚꽃으로 둘러 쌓였다. 마치 구름 위로 솟은 환상의 건물처럼 새로운 현대식 꽃 대궐로 콘크리트의 삭막함을 어지간히 멋스런 동네로 만들어 놓았다.

집에서 내려다 봐도 올해 벚꽃은 예사롭지 않게 여름날 뭉게구름처럼 풍요로웠다. 요즘은 좋은 것을 봐도, 또 아름다운 것을 봐도, 이렇게 만발한 꽃을 보는데도, 그 아름다움이 눈부셔서인지 감당하기 어려울 만큼 가슴이 먹먹해지고 눈물겹도록 감동스럽다. 세상의 하찮은 이치도 다 경이롭고 아름답게 보이는 것은 철들자 망령이라는 옛말 하나 틀리지 않았다.

꿈 3 6F 장지채색

작년만 해도 벚꽃이 이렇게 어우러진 것 같지는 않았는데 바람이
불 때마다 꽃잎은 눈 오는 것 같이 날린다. 꽃이 핀지 며칠 되지도
않은 것 같은데 벌써 낙화가 되니 열흘은 되었을까? 화무십일홍花無
十日紅은 벚꽃을 두고 한 말 같다. 땅바닥에도 꽃잎이 눈같이 내려앉
았다. 아저씨들도 낙엽 쓸어내듯 하지는 않는 것을 보니 떨어진 꽃
도 꽃인데 아름다움을 더 두고 감상하고 싶은 마음은 누구나 다 같
은 것 같다.

차 위에도 꽃잎이 떨어졌다. 특히 검정색 차 위에는 물방울무늬
처럼 아름답고 선명했다. 차 주인은 저렇게 아름다운 꽃무늬를 못
마땅한 듯 쓸어버린 다음 차를 몰고 나간다. 꽃 장식이 싫으면 지하
주차장에 세우든가 하지 물론 중요한 일을 하느라 바빠서 밖에 세
워 두었겠지만 저토록 아름다운 꽃잎이 차를 장식했건만 아름다움
을 보지도 않고 차를 말끔히 털어내는 것은 좀 그렇다. 좋은 차를 가
지면 아름다움의 가치보다는 차에 미치는 영향 때문일까? 비싼 고
급차여서 혹 꽃잎이 차에 상처를 내기라도 할까봐 싫었을까?

만약 그 꽃차로 지나간다면 누가 봐도 아름다움에 미소를 보내지
않고 그냥 있지는 않았을 것이다. 보는 이마다 행복한 4월이 될 수
도 있었을 텐데.

아, 이번에는 빨간색 소형차가 꽃잎을 잔뜩 덮어 쓴 채 그냥 출발
하고 있다.

젊은 엄마가 학생을 태우고 가면서 꽃이 너무 예쁘니 그냥 두자
고 했을까? 엄마가 제안했을까 아들이 제안했을까 차도 예쁘고 꽃
장식은 더 예쁘고 운전하는 아주머니도 꽃같이 아름답게 웃었다.

저 아주머니는 이토록 아름다운 꽃장식 차에 아들을 태우고 함께 갈 수 있었으니 얼마나 마음이 흐뭇하고 행복했을까. 그리고 두고 두고 미소로 떠올릴 벚꽃에 대한 추억은 또 얼마나 아름다울까.

꽃을 사랑하고 아들을 사랑하는 엄마는 오늘 벚꽃보다도 더 아름 다웠다. 비록 작은 차를 몰고 가도 저 아주머니야 말로 우리 아파트에서 제일 아름답고 멋있는 주민으로 자격이 충분했다.

몇 년 전까지만 해도 벚꽃이 이렇게 많지는 않았다. 봄이면 꽃구경한다고 진해 군항제, 섬진강 벚꽃길을 차 대절해서 구경 가기도했다. 일본은 국화이기도 한 벚꽃이 유명한데 또 지진이 났다고 하니 마음이 아프다. 그래도 벚꽃은 여전 하겠지. 바람만 불어도 꽃잎이 떨어지는데 지진이 났으니 오죽했을까. 꽃잎이나 인간이나 다당하는 수난이다. 자연은 위대한 만큼 무서운 존재임도 틀림없다.

인간은 100년을 가까이 살아도 잠깐 왔다 간다는 둥 속절없는 인생이라고 허무해 하는데 도대체 얼마나 더 살아야 만족할지. 벚꽃은 며칠을 살고 갈까? 열흘이 고비일까? 오늘은 비가 오고 바람 부는 것 보니 내일 아침에는 모조리 떨어지고 말 것이 아닐까?

그들은 틀림없이 열흘간의 일생을 마감할 것이다.

꽃이 진다고 서러워할 것까지는 없다고 한다. 아마도 내년 봄에 다시 피어나기 때문일 것이다. 인생은 한 번 가면 다시 오지 않는다. 요절한 청춘이나 어린 생명도 한 번 가면 그만이다. 이것은 너무 불공평한 자연 현상이다. 여기서 꼭 건의하고 싶은 것은 삶이 중단된 어린 목숨은 꽃처럼 다시 피어나 어느 정도 삶을 채운 다음 가게 하면 꽃들이 봄이면 다시 피는 기대와 좀 비슷하게 되는 게 아닌가 싶다. 이 모든 바람은 다 허황한 꿈에 불과하겠지. 그 대신 인간에게는 후한 생명 기간을 100년 가까이도 받았으니 할 말은 없다.

벚꽃의 일생이 열흘이라면 짧아도 너무 짧다. 벚꽃 필 무렵에는 웬 봄바람이 그토록 잦은지. 그들이 그나마 그 열흘은 다 채우기는 채우고 갔을까.

봄바람을 탓하면 무엇 하나 지진이 일어나면 수많은 생명을 무차별로 앗아가 버리는데 거기엔 인간이 따로 없고 꽃이 따로 없다.

죽고 살고는 열흘 꽃이나 100년 인간이나 한 번 왔다가는 데는 그 일생이 다를 게 하나도 없으니 말이다.

그나마 열흘 꽃잔치는 너무도 고마웠다.

고귀한 충성

어렸을 때 우리 집에서 기르던 바크는 비록 사람은 아니지만 영리하고 우리 가족을 헌신적으로 지켜준 보호자 역할을 단단히 한 견공이었다. 그 후에도 많은 대를 이은 바크들과 인연이 있었지만 초대 바크만큼 지능이 높고 영리한 친구는 다시 만날 수가 없었던 것은 너무도 아쉬운 일이었다.

그때 우리집은 동네에서 좀 높은 곳이어서 아이들이 놀고 있는 마을이나 큰 길이 한 눈에 훤히 볼 수 있었다. 그날도 바크는 마당 끝에서 큰 길에 놀고 있는 다섯 살짜리 내 남동생을 보고 있었던 것 같다.

그때만 해도 길에 차가 거의 다니지 않았고 아이들이 어려도 동네에 나가 노는 것은 그렇게 신경 쓸 일이 아닌 태평성대(?)였던 시절이었다. 우리 식구들은 제각기 자기 할 일을 하고 있었으니 무척 평화로운 시간이었는데 마당에 있던 바크가 갑자기 쏜살같이 달려가는데 그때 동생이 다른 집 강아지로부터 기습을 당해 놀래서 울음이 터지는 소리가 어쩌면 동시에 났다. 바크는 어린 동생이 큰 아이들 틈에 놀고 있는 것을 살피고 있었을까?

그런 것 같았다. 아주 주의 깊게 살피고 있었던 것이 틀림없었다. 그렇지 않고서야 아이 울음소리와 동시에 아니 더 빠르게 달려간 바크는 주인집 도련님을 해친 그 강아지를 반 죽여 놓듯이 패대기를 친 다음 우는 동생을 데리고 집으로 오고 있었다.

아이 울음소리에 그때서야 우리 식구들도 놀래서 내다보니 동생은 바크와 집으로 이미 오고 있었다. 아이가 먹을 것을 들고 있으니 강아지가 먹고 싶어서 매달리는 바람에 동생이 놀래서 울었지 다친 곳도 없었고 그 강아지도 해치려고 한 짓은 아닌 것 같았다. 바크는 그 강아지가 동생을 해코지라도 하는 줄로 잘못 알고 멀리서 비호같이 달려가 당장 혼줄을 내주었던 것이다.

이토록 바크는 우리 가족을 항상 관심을 갖고 진심으로 보살폈던 충견이었으며 동네에 소문이 난 명견이었다. 덩치가 크지도 않았고 털이 짧은 검은색으로 항상 윤기가 흐르고 눈매가 반짝반짝 빛이 났으며 보기에도 매우 날렵하고 행동이 민첩했다.

나는 그때 아마 열 살 전후인 한창 자유분방했을 소녀시대였는데 내가 친구들과 놀러 가면 바크는 으레히 따라와서 위치와 사정을 알아두고는 슬며시 사라져 버린다. 나는 언제나 고무줄놀이 등 재미있게 놀고 있는데 늦어지면 바크는 다시 와서 내가 놀고 있는 것을 확인하고 또 사라졌다가 끝나고 집에 갈 때는 다시 나타나 말하자면 호위하듯 내 옆에 바짝 붙어서 따라오곤 했다. 친구들도 바크의 충성을 다 알고 있었다. 바크는 집도 지키고 주인집 자녀들도 하나하나 요령껏 지켜준 머리도 영리하고 동작도 빠르고 책임감이 매우 강했던 견공이었다.

어린 시절 추억 속의 바크의 무용담과 영리함, 책임감, 고마운 은혜를 못 잊어 교직에 있을 때 학생들에게 여러 번 자랑삼아 바크 이야기를 해 주었다. 그때마다 나는 그리운 바크를 추억하면서 울먹이기도 했다. 나의 어린 제자들에게는 명작 속의 주인공 프란다스의 개만큼 바크도 명견으로 주지되었다.

요즘 애완용이나 반려견처럼 특별한 훈련 같은 것도 받은 일은 물론 없고 순수한 국산 토종으로 그 시절만 해도 견공들의 대우가 요즘 같지도 않았는데 우리집 바크는 참으로 뛰어난 명견이었다.

우리 가족을 성심껏 지켜 주던 견공 바크의 사랑은 아무리 생각해도 인간애 이상으로 고귀했던 것 같다.

존경하는 알바트로스

　나는 알바트로스에 대해서 아는 것이 없었다. 심지어 새 이름이라는 것도 몰랐으니 상식이 전연 없었다. 골프를 배우면서 이름을 처음 들었을 때도 그 낯선 이름이 외워지지도 않을 뿐 아니라 혹 실지로 살아있는 새가 아니라 환상의 새가 아닐까 할 정도였다. 골프하는 사람들도 알바트로스에 대해서는 물어봐도 명쾌하게 아는 사람이 없었다.

　이번에 TV에서 우연히 알바트로스에 대해 잠깐 보여 주었는데 너무 반갑고 신기해서 기대가 컸는데 그것도 검은색(다른 밝은 색이 더 많다고 함) 종류 알바트로스의 비행하는 모습만 짧게 보여주고 말았다. 생활하는 모습이나 군락지가 궁금했는데 많이 아쉬웠다. 실지로 하와이 섬에 살고 있으며 펭귄과 같이 바다에 살고 있는 바다새라고 하는데 비행 모습만 조금 보여 줄 뿐이었다. 궁금한 것이 많았는데 다시 찾아보니 새 종류 중 가장 크기도 하고 활공을 잘 하는 새로 바람 부는 날에는 매우 길고 좁은 날개를 펴서 날갯짓을 않고도 수 시간을 공중에 떠 있을 수 있다는 것도 놀라운 일인데 날개 길이가 무려 4M에 이르며 5000KM까지도 비행이 가능하다는 데는 흥분하지 않을 수가 없었다. 일반적으로 지구 반 바퀴의 거리를 날으는 위대한 여행가라고도 했다.

아름다운 바다와 하늘을 배경으로 비행하는 그들의 독특하고 수려한 비행 방법이며 자기 몸통의 몇 배나 되는 그 긴 날갯짓은 참으로 대단한 장관이 아니겠나 싶다. 이토록 멋있고 아름다운 알바트로스에 대해 지금껏 아무것도 모르고 있었다는 것은 여간 부끄러운 일이다.

오만 잡동사니 새들이 다 저 잘 났다는 듯 날고 뛰고 시끄럽게 재잘거리고 떠드는데 세상이 깜짝 놀랄 실력과 능력을 갖고도 조용하면서 이토록 겸손한 알바트로스를 생각하니 진정으로 실력 있는 자의 행실 같았다. 이 지구상에서 그를 겨룰 만한 새도 없지만 그의 능력을 따를 만한 인간도 없는 것 같다.

또 존경할 수 있는 것은 한 번 짝이 되면 평생을 바꾸지 않고 해로한다니 동물세계에도 이토록 아름다운 사랑이 있다는 것은 놀라지 않을 수가 없다. 섬 바닷가에 살고 있으며 알은 일 년에 단 한 개만 낳는다고 하니 자연 희귀종이 될 수밖에 없는 바다새로 보호의 대상일 수밖에 없을 것이다.

골프의 룰에는 새들의 이름으로 표시된 것이 재미있다. 하얀 공을 새처럼 멀리 날릴 수 있어서 새에다 비유했을까. 한 홀 기준타수에서 한 타수를 줄이면 버디라고 한다. 버디만 해도 대단한 실력이라고 볼 수 있다. 사실 기준타만 지켜도 우수한 실력의 골퍼인데, 두 타수를 줄였다면 이글이라고 한다.

독수리의 용맹성은 물론 그의 무한한 능력까지를 인용했을 것이다. 그러자니 이글은 이미 고도의 실력임을 인정받을 수밖에 없다.

한 타수 두 타수를 줄이는 버디와 이글도 대단한데 세 타수를 줄였다면 그때는 알바트로스라는 칭호가 내려진다. 그러나 그 세 타수를 줄인다는 것은 매우 어려울 수밖에 없다. 나의 필드 경험 20년 동안 단 한 번도 알바트로스를 날린 골퍼를 본 적도 들은 적도 없었으니 얼마나 힘들고 어려운 고도의 기술을 필요로 하는 알바트로스인가. 과연 이름에 걸맞는 작명이라고 할 수밖에. 모르지만 세계적인 선수들은 알바트로스가 있었는지도 잘 모른다. 이토록 희귀한 알바트로스 권좌는 구경도 못했으니 거의 환상의 새 정도로 관심 없이 지내 온 것이다.

물론 한 번에 넣는 홀인원도 있지만 홀인원은 일생에 한 번 있을까 말까한 복권 같은 행운 볼이다. 그것은 사람의 능력이라기보다는 하늘이 도운 우연의 결과라고 하는 것이 맞을 것이다. 목표물이 육안으로는 보이지 않는 거리에 공이 굴러가다가 행운을 만들었다고 할 수도 있다. 골프는 매우 어렵고 정교한 운동이다. 아닌 게 아니라 푸른 벌판에 작은 공으로 종일 목표를 향해 투지를 벌이는 것은 쉽지만은 않다. 참으로 어려운 운동을 한국의 소녀들은 세계의 선두를 놓치지 않고 있다. 신화를 남긴 박 세리를 비롯해서 수많은 낭자군의 역할은 나라를 빛내고 많은 골퍼들의 선망이기도 하고 자랑이다. 알바트로스의 경의롭고 신비한 세계, 과연 그 어려운 3타수를 줄일 수 있는 실력에 합당한 능력이라면 역시 알바트로스란 이름이 손색 없음을 다시 깨달아 본다.

지구의 위대한 여행가이면서 활공의 왕자로 실력과 능력을 갖춘 것은 물론이고 지극히 겸손한 태도와 신비할 정도로 고고함에 예사롭지 않은 알바트로스를 존경할 수밖에 없다.

정물 8F 장지채색

만년청춘

사랑하는 우리 친구들! 하늘 아래 제일 멋쟁이 동창들!!

오늘 여기 함께 못한 용순이의 명복을 빌면서 그리움을 달래는 것으로 대신하자.

한때 우리는 힘든 시대에 중책을 맡아 너무도 훌륭히 살아온 노고의 60년 세월을 치하하고 자축하는 기념으로 중국 장가계를 갔을 때 너무도 젊었고 예쁘다는 것을 70이 돼서야 알았고, 그 젊음을 마냥 부러워하면서 또 70년을 기념코자 일본여행을 했을 때도 우리는 스스로 인생칠십고래희人生七十古來稀 속에다 가두고 10년이면 강산도 변한다는 속담을 믿고 많이 늙은 줄로만 알았는데 오늘 80이 되고 보니 물론 60도 젊었고 예뻤지만 70 역시도 젊었고 보기 드물게 예쁘고 씩씩했더구나. 더 자세히 보니 발랄하기까지 한 모습들은 과연 70이 맞을까 하는 완벽에 가까운 멋쟁이들이었으니 이렇게 10

년 정도는 너끈히 젊음을 유지할 수 있었던 것은 우리 친구들이니까 해냈었고 거기에는 안동사범 재원들의 지혜가 새삼 빛나고 돋보여 눈물겹도록 자랑스러웠단다.

또다시 10년이 흘렀다고 지나간 60을 그리워만 할 것인가 아니면 70을 부러워만 하고 있을 것인가. 앞으로 90도 있고 100도 있는데 갈 길은 아직 한참 남았다. 우리가 누구냐 지금부터 탈락이란 단어는 우리 사전에는 없는 줄 알아라.

다리가 조금 아프지만 모두 책임을 내려놓은 한없이 홀가분한 가운데 지극히 여유로운 얼굴에는 또 다른 완숙의 아름다움으로 너무도 괜찮고 보기 좋아 이를 두고 팔방미인이라 부르고 싶구나.

저 세상에서 데리러 와도 너무 젊어 몰라보고 돌아갈 것이다.

80 세월에도 청춘전선에는 항상 푸른 신호등이로구나. 나이는 모두 나이야라라 폭포로 보낸 것도 잘 했고 철은 덜 든 것 같아도 그런대로가 좋다. 철 다 들기는 원치도 않는다. 아직은 맘판 쓸만하구나. 아니 쓸만한 정도가 아니라 보석처럼 빛나고 있으니 말이다. 빛을 내는 보석의 가치는 천정부지로 뛰어올라 웬만한 부동산은 다 누르고 어렵쇼, 이게 웬일이냐? 이제는 보석도 모자라 집집마다 80에 여왕 등극이라니 먼 나라 대영제국의 엘리자베스 여사가 부럽지 않구나!

소중하고 보석보다 더 빛나는 나의 친구들아, 진실로 사랑한다. 우리 남은 날을 재미있게 놀자. 날마다 행복하게 많이 웃으면 건강은 절로 따라오게 돼 있다.

지금부터 꿈의 날개를 펴보자. 다시 시작이다. 먼저 추억의 낙동

강 백사장으로 갈까? 오늘 어디로 든 가자.

교복의 모습으로 깨끗한 모래집을 지을까? 꿈의 궁전을 지을까?

다 같이 크게 소리 질러!!

나보다 더 행복한 사람 있으면 나와 보라고!

나만큼 좋은 벗 있으면 데리고 와 보라고!

나보다 더 예쁜 미인 있으면 배 아프겠지!

나만큼 멋있는 청춘 또 있을까!

아! 80이 이토록 감사한 청춘인 줄은 예전엔 미처 몰랐네.

감사합니다.

먼저 간 우리 친구 용순아!

20년 후에 천국에서 반갑게 만나자. 안녕!

80생일을 맞아
2016.5.3 안동사범 8회 여자동창

신작로

두메산골에 신작로가 뚫렸을 때는 다니는 차도 별로 없었다고 한다. 물론 비포장길이고 어쩌다 아주 드물게 트럭이라도 지나가면 마른 길은 흙먼지가 구름마냥 일어났고 소리가 요란해도 오히려 반갑고 신기하기만 했다니 참으로 옛날 이야기다.

지금은 그런 풍경은 거의 없어지고 전 국토 어디를 가나 도로만큼은 잘 정비되고 포장도 그림같이 깨끗하다. 전국이 일일권으로 편리해 졌다고 해도 과언은 아닐 것이다.

산골 아이들에게 십 여리 넘는 통학거리는 지루하기도 하고 힘들고 단조로울 때도 있었는데 어쩌다 지나가는 자동차를 만난다는 것은 가장 반갑고 정신 번쩍 들도록 신명나는 일이기도 했다.

한 마을 칠팔 명의 아이들은 항상 모여서 다녔는데 먼지 날리는 자동차를 만날 때는 그 아이들 전원은 일사불란하게 길가에 한 줄로 서서 사열하듯 차를 향해 일제히 머리를 숙여 경례를 하는데 자동차가 다 지나고 나면 그때 숙이고 있던 고개를 들었다고 한다.

이야기만 들어도 아이들의 엉뚱한 행동이 너무도 우습고 재미있었다. 때문지 않은 순박한 아이들이 그 길에서 색다른 행동의 발상이 예사롭지가 않았다. 이 아이들의 기발한 행동은 훗날 틀림없이 예사롭지 않는 어른으로 변신할 것 같은 생각이 들었다.

그 시절 자동차는 그만큼 신기했고 선망의 대상이 되기도 했을 것이다. 자동차를 향한 선망이 어린 마음에 왜 없었겠나. 저 멋진 자동차를 운전하고픈 순수한 꿈같은 것.

그러다 보면 고맙게도 가던 차가 아이들을 태워줄 때가 있었다고. 그날은 횡재라도 한 기분이고 행복한 날이었다고 했다. 실은 먼지만 날리고 그냥 지나가는 차가 더 많았지만.

차차 순진한 산골 아이들에게 자동차는 세상의 인심을 알게 했고 먼지만 날리는 것이 아니라 문명도 알게 모르게 실어 날랐을 것이다. 처음에는 그냥 그러려니 했는데 언제부터인가 아이들은 먼지만 날리고 야속하게 그냥 지나가는 차를 향해 손으로 하는 욕을 날렸다고 했다. 굉장한 반항이고 항거의 표출인 셈이다. 세상에 적응하는 발전(?)일 수도 있었다. 일렬로 서서 사열하듯 정성을 다한 경례를 무시하고 지나치는 세상에 대한 서운함, 무시당함에 대한 보복이였을까?

산골 아이들은 먼지 나는 신작로에서 세상을 배웠다. 그리고 꿈도 키웠다. 우리 목사님한테 들은 어린 시절 중 한 장면이다. 목사님 같이 훌륭한 분을 배출輩出한 것 보면 내 예상은 틀리지 않았다.

요즘은 어디나 도로 포장은 잘 되었다. 한 십년은 된 것 같은데 경상도와 강원도 접경쯤 되는 길은 차도 사람도 없는 말 그대로 대통령길이었다. 조용한 신작로 한복판에 현수막이 초라하게 가로 걸려 비바람을 맞고 있었다. 폭도 좁은 천에 많은 글씨가 빼곡히 옴짝달싹도 못하는 만원 버스처럼 글씨들이 실려 있었다. 금방 지나가면서는 도저히 읽을 수가 없었다.

이렇게 사람도 차도 없는 한적한 길에 도대체 무엇을 써 놓았으며 누구를 위한 현수막일까 내용이 궁금하기도 해서 차를 멈추었다.

「(경) 내 고향이 낳은 세계적인 천재 영화감독 김기덕 베니스 국제영화제에서 영화 감독상 수상 (축)」

많은 글씨도 글씨지만 비에 젖고 바람에 겹쳐져서 플랑카드는 제 구실을 잘 못하고 있었는데 내용은 대단한 희소식일 뿐 아니라 중요한 정보였다. 대단한 이 고장의 자랑인 동시에, 이 나라의 영광스런 자랑이 아닐 수 없었다. 사방을 둘러봐도 동네 하나 보이지 않고 참으로 한적한 길이었다.

이 고장이 낳은 천재 김기덕 영화감독의 베니스 국제영화제 감독상 수상을 축하하는 감동의 현수막이었다.

내 고향 인재를 축하하는 초라하지만 신작로에 가로 걸쳐진 현수막은 그 자체가 감동의 장면이었다. 내용을 읽는데 내 가슴이 뭉클해 졌다. 이 골짜기가 세계적인 영화감독을 탄생시킨 것은 개천에서 용 났다는 표현이 맞을 것이다. 참으로 대단한 영웅 탄생이다. 국가적으로도 영광이요, 영화계는 물론 예술계도 마찬가지다.

화려한 잔치에서 한국의 청년이 호명될 때 쏟아지는 박수 소리가 들리는 것 같았다. 가난한 산골 출신 청년이 맨 주먹으로 도전한 세계의 영화 잔치, 수 많은 기라성 가운데서 영화 예술의 심장인 감독상이라니 눈물겨운 사실이다. 우리 영화계에서는 인정도 못 받은 외로운 천재를 세계무대가 그의 예술 가치를 인정했다는 것은 가슴 저린 감동이다.

나는 다시 가던 길을 떠나오면서 세상의 이치가 참으로 의심스러웠다. 어느 것이 정답이고 어느 것이 옳은지. 모든 가치의 척도는 있기는 한가.

김기덕 감독은 왜 이 땅 내 나라에서는 인정을 받지 못하고 이단아 취급을 받을까? 비에 젖은 것은 초라한 프랑카드만 아니라 내 마음도 젖은 것처럼 우울했다.

비가 내리는 신작로는 너무도 깨끗하고 조용했다.

꿈 3 1F 장지채색

노파심의 뒤안길

동생이 떠난 지도 어언 10년 세월이 넘게 흘렀다. 세월처럼 허무하고 속절없는 것도 있을까 싶다. 이번에 그가 남기고 간 두 아들 중 동생이 먼저 결혼하게 되었다.

엄마 없이 그동안 형제는 각각 독립했으니 아버지와도 자연히 세 식구가 따로 흩어진 셈이다. 동생이 먼저 결혼한다는 것은 형한테 그렇게 신나는 일만은 아닐지도 모른다. 왜냐하면 한 때는 세상에 차례와 질서의 전통이 중요했던 적도 있었으니까.

그렇지만 나는 형한테 결혼식장까지 아버지를 직접 모시고 오도록 부탁했고 그렇게 하기로 약속까지 한 상태였으니 으레 동생 결혼식에는 엄마 대신 자리는 채워줄 줄 알았다. 그런데 식장에는 오지도 않았고 끝까지 연락이 없었던 형을, 어쩌면 그래도 이해하려고 생각했다. 무슨 이유건 젊은이들 사고방식은 우리와는 다를 수도 있으리라 몇 번이고 내 스스로 삭이고 있었다.

위로도 하고 달래 보려고 전화를 해도 통 받지를 않는다. 그 후 줄곧 연락이 불통이다. 알고 보니 사촌형한테도 식장까지 아버지 모신다고 차를 쓰겠다고 했다는데 다시 나타나지 않았다는 것이다. 웬일일까? 무슨 일이라도 생긴 것일까? 점점 이해보다 이제는 걱정이 되었다. 그러나 설이 다가왔으니 설마 설날에는 새 식구도 생겼으니 다 모였겠지 자기들끼리 무어서 설을 쇠고 있을 거리고 생각도 해 보았다.

그러나 설이 지나고 연휴가 다 가는데 통 전화도 안 받고 연락이 되지 않으니 불쌍한 생각이 들기도 하다가 은근히 걱정이 안 될 수가 없었다. 나는 하는 수 없이 바쁜 우리 아들한테 집으로 직접 찾아가 보라고 애원하다시피 부탁했다. 떡국이나 먹었는지, 설은 어떻게 보냈는지, 제 엄마만 살아 있어도 이렇게 애타게 마음을 태우지 않을 것이다.

집으로 직접 찾아간 아들한테서 연락이 왔다. 방안에는 불빛은 있는 것 같은데 기척이 없고 문은 굳게 잠겨 있다고 했다. 듣는 순간 당장 무서운 생각부터 들었다. 세상이 하도 무섭다 보니 소름 끼치는 상상으로 기막히는 일이 벌어진 것 같아 도저히 정신을 가눌 수가 없었다.

제발 문을 뜯고라도 들어가보라고 울부짖었다. 아니 그것보다 경찰에 신고해서 조치하는 방법을 써 보라고 했다. 세상 매스컴이 전하는 무서운 상황이 전개될 것 같아 결혼한 동생도 저 아버지도 연락을 취해도 아무도 연락이 되지 않는다.

이토록 가족이 와해된 것은 그 엄마가 죽고부터였다. 도대체 아버지의 역할은 무엇인지, 세 식구가 뿔뿔이 독립하는 길 밖에 없었는지, 그동안 너무도 평범하고 행복했던 가정이었는데. 세상이 부러워하는 일류로 키운 아들이 어찌하여 이 지경까지 되었는지 알다가도 모를 일이다.

아들한테서 전화가 왔다.

"어머니 걱정 마세요. 방안에는 아무 것도 없었어요."

저도 얼마나 무서웠으면 우선 이 어미를 안심시켰다. 얼마 안 되는 시간이지만 기다리는 동안 말 그대로 지옥을 가도 몇 번은 갔다 온 것 같았다.

경찰에 도움을 청하니 본인과의 관계를 동생이라고 하니 성이 다르다고 해서 이종사촌 동생이라니 입증도 안 될 뿐 아버지도 있고 동생이 있는데 직접 신고해야지 보호자도 아니면서 나섰다는 식으로 나무랐다고 했다.

세상은 어디서부터 잘못된 것인지도 모를 일이다. 인간이 변한 건지, 사회가 각박해 졌는지. 경찰이 출동하고 열쇠를 깨부수고 문을 뜯고 했지만 그나마도 별일 없었으니 다행이었다. 주인 없는 집에서 열쇠 수리상이 오고 다시 원상 복구를 할 때까지도 방 주인이 나타나지 않아 쪽지를 써 놓고(열쇠 가지러 병원으로 오라 명섭) 돌아올 수밖에 없었다고 했다.

꿈같은 휴일을 온통 공포의 시간으로 빼앗겼다고 며느리의 불만도 있었다. 이제 40에 가까운 성인을 어머니는 언제까지나 그렇게 걱정하며 신경을 써야 하는지 모를 일이라고. 틀린 말은 아니다. 이

어미의 노파심 때문에 너희들 귀한 휴가를 쓸데없이 낭비하게 한 것 미안하다. 잘못 판단해서 너희들만 괴롭혔구나. 용서해라. 내 혈육이 아닌 이웃에게도 관심이 필요한데 더구나 사랑하는 동생들을 돌봐주고 아끼는 것은 당연한 것 아닌가. 아무리 세상이 변했기로서니 이토록 각박해서야 될까.

더 기가 막히는 것은 늦게 돌아온 방주인이 왜 남의 방문 열쇠를 바꿨느냐고 해서 대충 경위를 알리니 자신의 행동에 대한 변명은 물론 반성(?)하는 태도는 아니었다고 한다. 전화 받지 않고 연락 끊은 것은 자기 마음이란 간단한 대꾸 정도였다고 했다. 더 이상 그 절박했던 상황은 언급할 필요도 없고 해본다 해도 아무 의미가 없을 것 같아 그냥 열쇠 줘서 보냈다고 했다.

"어머니 이제 모든 것은 어머니가 생각하는 것과는 다르게 세상은 많이 변해 가고 있어요. 젊은이들이 독립했으면 간섭 받고 싶지 않고 자기 길을 개척한다는 뜻이예요. 그리고 그들은 나름 충분히 행복을 누리고 있어요. 어머니 제발 앞으로는 걱정하지 마셔요."

그렇다면 나의 생각은 변해 버린 세상의 마지막 끝자락을 잡고 있는 낡은 생각이란 말이지. 그들에게 관심을 놓으라는 것은 내 동생과의 또 다른 아픈 이별이 될 수밖에 없구나.

60년 만에 만난 친구

올해가 졸업한 지 꼭 60년이 된다. 그동안 총동창회도 여러 번 있었지만 서로 연락하고 만나는 일이 60년 동안 셀 수도 없어도 지역 지역 다달이 월례회 말고도 만남은 부지기수란 말이 맞을 것 같다.

그런데 졸업하고 단 한 번 소식도 없고 볼 수도 없었던 친구들이 더러 있었다. 물론 유명을 달리한 친구는 어쩔 수 없으나 외국으로 이민 갔다 해도 소식은 끊이지 않는데 국내 있으면서 소식 한 번 없이 숨었는지(?) 나타나지 않는 친구도 몇이 있었다. 이제는 거의 이름도 잊을 만큼 세월이 지나 갔다. 말이 그렇지 60년이라면 환갑인데 옛날 같으면 살아 있기도 어려운 세월임에 틀림이 없다.

오늘 아침에 연락 오기를, 우리 동창 이 영주가 왔으니 같이 만나자고 했다. 어디 포항 쪽으로 일찍 시집갔다는 이야기는 풍문에 들었는데 60년 만에 처음 나타난 것이다. 이쯤 되면 보통 일은 아닌 것 같다. 60년 만에 나타났다는 사실은 참으로 놀랍기도 하고 대단히 용기 있는 일이 아닐 수 없다. 졸업하고 한 번도 만나지 못한 친구가 무슨 사연일까?

놀라운 전화를 받고 나는 오늘 모임도 있고 또 중요한 선약이 있어 아무리 빨리 서둔다 해도 오후 3시는 되어야 끝난다고 했더니 그럼 3시에 종로에서 만나자고 했다. 나는 일정을 서둘러 끝내고 친구를 만나러 가는데 내 머리 속에는 지난날 학창시절이 주마등처럼 펼쳐졌다.

까만 교복 하얀 카라의 예쁘고 단정했던 친구의 얼굴이며, 날씬한 키에 잘 웃고 노래도 잘 부르던 모습이 눈에 선했다. 그렇지만 이제 60년이란 세월이 지났고 80노파가 된 친구를 곧 만날 텐데 알아보기나 할까, 어떻게 변했을까, 얼굴은 쭈굴쭈굴 호호 백발 할머니가 허리는 꼬부라지고 다리는 아프다고 지팡이를 짚고 이는 빠져 있지나 않을까 내 마음대로 60년 공백을 아니 60년 세월을 상상하자니 웃음이 절로 나왔다.

약속 장소에 도착하니 벌써 다른 친구들도 모여 있었다. 오늘 주인공을 만나니 길에서 만났다면 전연 알아보지 못했을 한 5,60대 씩씩한 멋쟁이 여인이었다. 나는 네가 이 영주 맞느냐고 할 정도였다.

머리숱도 많고, 흰 머리카락이 약간 섞였을 뿐이고, 주름도 거의 없고, 이가 빠지기는 커녕 친구 특유의 웃는 모습은 지난날과 하나도 변함이 없고, 키도 크고 허리도 꼿꼿하고 날씬 했으며, 음성은 옛날 그대로 청아했다.

"얘, 도대체 너는 하나도 늙지 않았구나. 웬일이냐? 날 알아볼 수 있니? 우린 길에서 만나면 서로를 못 알아보고 지나치겠다."

"넌 너무 젊구나. 무슨 비결이라도 있니?"

"너도 옛날 그대로인데 뭐."

변한 건 친구가 아니고 내가 늙었다. 친구는 정말 깨끗한 피부를 유지했으며 여전히 명랑했다. 어떻게 그동안 한 번도 볼 수 없었으며 우리 동창이 궁금하지도 않았느냐고 하니 바쁜 생활로 시간을 낼 수가 없었다고 했다. 그 특유의 신실한 믿음 생활은 학생 때부터도 알아줬는데 지금도 여전한 것 같다. 대단한 활동은 그를 늦게 할 겨를이 없었다. 겸손히 별거 아니라고 했지만 교회 안팎으로 봉사 활동이며 활약이 대단한 것 같았다. 그리고 특히 노래에도 대단한 일가견이 있었으니 그냥 썩히지는 않았을 것이다.

우리는 식당이지만 그의 노래를 들어보지 않을 수가 없었다. 너무도 아름다운 노래 솜씨는 옛날보다 더 잘 부르면 불렀지 누가 80 노인이라고 할까. 금방 모두 따라 부르고 당장 코러스가 되어 소프라노 엘토로 나눠지니 그 하모니는 옛날 실력이 돼서 몇 곡이 이어졌다. 다 저녁이 되어가는 식당 안 손님들도 박수가 나오고 우리는 우쭐해져서 교가에 이어 마지막 석별까지 아쉽게 마무리했다. 다시 만날 때는 더 건강하자고 약속하고 서편에 달이 호수가에 질 때면 친구 내 친구 잊지 마셔요.

여운이 돌아오는 길 내내 울렸다.

수필집 『질마재에 부는 바람』을 읽고

그 무게 속에 간직한 남다른 보석

20여 년 만에 장 선생님의 반가운 목소리를 전화로 들었습니다.

수필집 『질마재에 부는 바람』을 보내주어서 고맙습니다. 선생님의 글밭을 거닐면서 새로운 장영교를 만나게 되었습니다.

잔잔하고 은은하고 무게를 느끼게 하던 장영교 선생님. 그 무게속에 남다른 보석을 간직하고 있었습니다. 사춘기 때 소설에 미쳤다던 문학소녀가 너무나 감동적인 이야기를 엮어 냈습니다.

책장마다 수놓은 그림 〈유월〉〈도라지〉〈민들레〉〈녹색의 조화〉〈봄〉 모두 아름다웠습니다. 그림과 글 속에서 노후를 보냈으니 행복한 분입니다.

강석호씨의 추천사에서 〈간결하고 담박한 문장과 진솔하지만 천착하지 않은 화법으로 쓴 글〉이라고 칭찬하였는데 나도 동감입니다. 많은 수필집을 읽었지만 이렇게 뛰어난 문장력은 처음 봅니다. 큰 박수를 보냅니다.

3월 4일 새벽 4시, 고요한 새벽입니다.

어제 받은 선생님의 책을 펴들고 단숨에 모두 읽었습니다. 가까운 사람의 글이라 마음이 끌렸고, 새로운 장영교를 보는 기쁨으로 읽었습니다. 13세에 6.25를 맞았다고 하니 금년에 희수喜壽가 아닌지. 같이 늙어가기 때문에 공감이 가는 이야기가 많았습니다.

〈도산서원 여운〉이나 〈우리 만남은 우연이 아니야〉에서의 극적인 만남은 참 좋은 만남이었습니다. 〈청계천 만감〉은 나도 가끔 걷는 길이라 정겹게 읽었습니다. 하루에 한 시간을 걷는데 성내천을 걷다가 도심에 가고 싶을 때는 청계천을 찾는답니다. 광화문에서 청계천으로 걸어서 동대문운동장까지 걸으면 한 시간 운동이 알맞이요. 치매 예방을 위하여 얼다싯 다리 이름을 꾸꾸 외우며 신기노하였어요. 그런 청계천을 장 선생님은 아름답게 그려 놓았습니다.

〈입춘대길〉의 한자어는 워드에도 나오지 않는군요. 장 선생님의 한자세계는 남다르네요. 같은 또래 노인들이 이해하지 못하는 깊이를 가졌어요. 소제목의 한자들이 마음에 썩 들어요.

「은빛 비늘을 번득이며 질서정연한 포말의 곡선을 그리는 고기떼가 그물 안으로 빨려들어 반짝반짝 파닥파닥 만선의 기쁨과 가슴 뛰는 흥분으로 나를 몰아세웠다」고 입춘대길의 한자어를 상상하는 생동감 넘치는 표현력은 놀랍습니다.

〈종착역〉〈사추기〉를 읽으며 덕소의 자연을 즐기는 모습이 선했습니다. 지금은 많이 도시화되었지만 70년대 초만 해도 자연이 아름다웠습니다. 어느 재벌의 별장이 있어서 간 일이 있지요.

〈웨딩마치〉에서 「하나님, 막내가 시집 갈 때까지 살게 해주세요」라고 기도한 대목은 너무나 눈물겨운 소망입니다. 내가 71세이고 아내가 63세일 때, 나도 신장암 수술을 받았습니다. 그때 아내가 한 기도가 '하나님, 제가 70이 될 때까지 남편을 살게 해주세요' 였답니다. 다행히 조기 발견으로 무사히 일어나 83세까지 살고 있네요. 이런 체험으로 선생님의 글을 읽으니 얼마나 공감이 가겠어요!

〈첫눈 소회〉에서 내 이야기를 썼는데 기억해 주어서 고맙습니다. 전국 35개 도시를 다니며 주부 강연을 하였는데 「부부가 더 재미있게 살아가는 지혜」를 이야기하였지요. 그 이야기를 『낄낄부부가 행복해』라 제목으로 책을 냈는데 그게 베스트셀러가 되었답니다. 어떻게 소문이 났는지 KBS 아침마당에 나와 특강을 하게 되었습니다. 〈무드를 즐겨라〉라는 소제목 이야기에서 첫눈 이야기도 하였지요.

오랜만에 좋은 책을 읽었습니다. 내가 소감을 이렇게 적어서 편지로 보내는 걸 보면 얼마나 감동했는지 짐작할 것입니다. 아내와 딸에게 읽기를 권하고 있습니다.

장영교 선생님.

오랜만에 만나서 별 이야기를 다했네요.

야생화 속에서 즐겁게 사세요.

강인한 야생화처럼 질기도록 건강하게 사세요.

발전하세요.

2014년 3월 6일

퇴촌에서 심경석

최면술사의 마력

『질마재에 부는 바람』 단숨에 다 읽었소. 책머리에 "부모님 전 상서라" 부디 가슴을 찡하게 해놓고, 책상을 넘길 때마다 벅찬 감회와 감동으로 읽는 이의 마음을 사로잡고 놓아주지 않는 최면술사의 마력에 걸린 느낌이었소.

80 가까운 세월 속에 산전수전 겪으며 살아온 인생살이의 지혜와 향기가 짙게 베어나는 문장과 주변의 흔한 일상사를 깊은 통찰로 관조하면서 한올한올 차분히 엮어 나간 감미로운 글들은 비단결처럼 섬세하고 아름다웠소.

거기다 사이사이 곁드린 손수 그린 그림들은 마치 비단폭에 곱게 수 놓은 꽃무늬처럼 수필집의 격조를 한층 더 높여주고 있네요.

고향을 같이 한 학창시절, 한 교정에서 체험을 공유하면서 배우고 자란 탓인지 수필 속에 녹아있는 아련한 추억들이 어제의 내 일처럼 생생한 모습으로 다가와 메마른 내 가슴을 이슬비처럼 적시네요.

어린시절 춘교언니와 고향 들녘을 다니면서 해지는 줄 모르고 콩서리 밀서리 하던 일, 그리고 감나무의 추억들은 그 시절 우리 모두가 잊지 못할 아름다운 고향의 그림들이지요. 고향은 누구에게나 어머니 같은 다정함과 그리움, 그리고 안타까운 정감을 주는 영원한 마음의 안식처이지요.

호박이랑 박 덩이가 주렁주렁 매달린 고향집, 삼월삼짓날이면 어김없이 찾아와 처마밑에 둥지를 틀고 새끼를 까던 제비 내외의 금슬 좋은 모습. 그러나 이런저런 행사에 초청받아 일년에 한 두번씩 고향을 찾아보지만 어릴적 고향의 그 모습은 영 아니더군요.

고향에 고향에 돌아와도
그리던 고향은 아니러뇨
산꿩이 알을 품고 뻐꾸기 계절에 울건만
마음은 제 고향 지나지 않고
머언 항구로 떠도는 구름...
어린시절에 불던 피리 소리 아니고
메마른 입술에 쓰디 쓰다.

우리 모두는 어찌보면 시인 정지용鄭芝溶이 읊었듯이 꿈속의 고향을 상실한 실향민들이지요.

고향집, 고향마을들이 수몰되고 개발에 밀려 흔적없이 사라진 고향산천 그리고 뿔뿔이 헤어진 그 동무들.

이제 동기생 장영교의 글 속에서만 "차마 꿈엔들 잊힐리 없는" 옛 고향의 정취를 더듬으며 허전한 가슴을 달래 봅니다.

『학원』 잡지 "서부활극" "네잎 클로버" 등등 하나같이 우리 동기생 모두, 아니 그 시대를 함께 했던 할배, 할멈들이 누구나 마음속에 간직해 두고 울적한 향수로 잠못 이루는 밤에 수없이 다시 꺼내 되새김해 보는 귀한 보물들 아니겠습니까?

저도 중학교때부터 지금까지 이태리 민요 〈오 솔레미오〉〈산타루치아〉와 함께 '쿠리티스'의 〈돌아와요 소리엔트로〉를 수없이 듣고 또 부른답니다. 여러 버전의 LP판, CD, DVD도 보는 쪽쪽 사들이고요. 노랫말도 넘 멋지지요.

아름다운 쩌 마다와 그리운 그 빛난 햇빛
내 맘속에 잠시라도 떠날 때가 없도다.
향기로운 꽃 만발한 아름다운 동산에서
내게 준 그 귀한 언약 그대는 어이 잊었나
멀리 떠난 그대를 나는 홀로 사모하여
잊지못할 이곳에서 기다리고 있노라.
돌아오라 이곳을 잊지말고
돌아오라 소리엔트로...."

이 노래는 세계적 터너 '루치아노 파마로치'의 단골 앙콜 메뉴로 더 알려져 있지요.

저는 이 노래를 좋아해 소리엔트를 지금까지 4번이나 찾아 갔답니다. 그 깎아지른 절벽에 붙어 지은 호텔에 투숙하며 치기稚氣를 부려봤지요.

〈청바지 멋쟁이〉에는 존웨인의 「역마차」 얘기를 썼네요.

실은 저도 서부활극의 추억을 억누르지 못해 지난 4월 가족들과 함께 서부 활극의 현장 아리조나주의 SEDONA와 MONUMENT

VALLY를 찾아 렌트한 6인승 벤을 몰고다니며 3일간 탐험하고 돌아왔습니다.

붉은 바위와 푸른 하늘, 우장한 폭포와 강물, 특히 여기서 나오는 VORTEX라는 신비한 에너지(氣) 때문에 전 세계 내로라 하는 명상 수련단체를 비롯해 인구 1만 6천명의 이 작은 마을에 연간 5백만명이 넘는 관광객이 찾아오고 있답니다.

모뉴맨트 벨리는 NAVA호湖 인디언의 성지로 온통 붉은 빛 사암의 허허 벌판에 웅장하게 솟아오른 붉은 바위, 그 바위 사이사이마다 나바호 인디언들의 피맺힌 한과 슬픈 역사가 응어리져 있는 곳입니다.

서부영화의 거장 John Ford 감독이 제작한 「역마차」「백 투더 퓨처 3」 등 서부 개척시대의 총잡이들이 연출하는 수많은 영화 CF들이 이곳을 무대로 제작되었답니다. 존 포드 감독이 즐겨 찍던 바위 앞에 만들어 놓은 'John Ford Point'에는 수많이 몰려드는 관광객을 상대로 나바호 인디언 한 명이 말을 세워 놓고 기념사진을 찍어주고 돈을 받는 모습이 왠지 처량하게 느껴졌습니다. 이야기가 너무 삼천포로 빠졌네요.

교직생활을 끝내고 길지 않은 시간에 온갖 자격증을 싹쓸이하고, 세계 구석구석을 싸돌아다니고, 그리고 국전에 입선할 수준의 유명 화가가 되고, 또 어엿한 수필가로 변신한 우리 동창 영교님 앞에서 그렇지 못한 저같은 사람은 회한과 부끄러움으로 얼굴을 들 수 없네요.

그동안 항상 얼굴에 웃음을 머금은 넉넉하고 편한 인상의 여학생 동기생으로만 생각해왔던 저의 아둔함이 부끄럽습니다. 그러나 저에게는 이제부터 만년의 인생을 멋있고 보람되게 살아가는 훌륭한 동기생이 있다는 새로운 자랑거리가 생겨서 참으로 행복합니다.

혹시 김용자와 김원 교수를 아시는지? 이 두 사람은 다 안동인 수필가입니다. 김용자는 안동여고를 나온 우리 고향 후배로 광산 김씨이고, 김원 교수는 서울 시립대 부총장을 지낸 이성 김씨로 내앞(川前)에 살고 있습니다.

김용자는 『키 작은 해바라기』『사돈 반 바라기』 등 2권의 수필집을 낸 여류 수필가로 지금은 낙향한 서방님을 따라 영천으로 내려가 산골마을에 한옥을 짓고 사과밭을 가꾸며 살고 있습니다. 저와는 수시로 메일을 주고 받으며 그곳의 계절이 바뀔 때마다 피고 지는 꽃소식도 전해주고 새 수필을 쓸 때마다 원고를 보내주며 의견을 묻기도 한답니다.

김원 교수는 우리보다 선배로 이미 많은 수필집을 내셨고, 수필집이 나올 때마다 저에게 빠지지 않고 보내주는 고마운 분입니다. 특히 의성 김씨 종손인 김교수님은 내앞 동네 1,800년대 지어진 의성 김씨 종택이자 자신의 고옥인 '만송헌' 앞마당에서 9월의 달 밝은 밤에 "문학과 음악이 함께 하는 작은 뜰"이라는 이름으로 시와 음악, 민속춤과 판소리 등을 공연하는 문화 행사를 벌써 4년째 해오고 있습니다.

저는 작년에 초대를 받아 그 행사에 가 보고 참으로 큰 감동을 느꼈습니다. 전국에서 입소문을 듣고 찾아온 300여명의 남녀 관객들이 어디서나 쉽게 볼 수 없는 수준높은 문화공연을 보면서 감탄을 연발했습니다.

공연 후에는 김교수의 부인 닭실댁 권여사가 손수 장만한 막걸리, 식혜, 배추전, 수정과 등 순종 진품 안동 음식으로 뒷풀이를 하고 멀리서 온 손님들에게는 방을 내어 고택체험까지 하게 한답니다. 물론 모두가 무료입니다.

영교님이 만약 이 두분과 교류를 원하신다면 제가 중간에서 다리를 놓아 드리겠습니다. 고향 수필가 세 분이 손을 잡는다는 것 자체가 모양 좋은 일이지요. 김교수님은 저에게 "문학과 음악이 함께 하는 작은 뜰"을 참관한 소감을 글로 써달라고 요청해 졸필이지만 선배님의 모처럼 부탁을 뿌리치지 못해 "만송헌의 낭만유浪漫遊"란 제목으로 글 한 편을 써서 보내 드렸어요. 몇 사람의 글을 모아 책으로 엮어 낸답니다.

저의 글은 부끄러운 수준이지만 읽어 보시면 김교수님의 문화행사에 대한 대략적인 개념은 알 수 있을 것 같아 보내드리겠습니다.

끝으로 병고를 이기고 건강을 되찾아 멋진 인생을 살고 있는 부군과 영교님의 앞날에 더욱 큰 행복이 있기를 빕니다. 그리고 두 번째 수필집 손꼽아 기다리겠습니다. 감사합니다.

중학 동기생 금창태 드림

삼사돈의 글을 읽으면서

아름다운 관계를 이어오신 그분들의 모습이 눈에 선합니다.

옛날부터 사돈끼리는 관계는 늘 기리낌이 있고 좀 편하지 못한 관계라고 생각들 하는데 장영교 여사의 글을 읽으면서 그분들의 지혜에 감탄이 절로 나와 내 마음을 뭉클하다 못해 아름다운 영화 한 장면을 보고 한참동안 삼사돈의 노래며 대화하는 모습이며 옷 매무새까지 연상케 합니다.

그분들의 옷은 새하얀 모시 치마 저고리를 입고 시를 읊는 모습들을 상상하게 됩니다.

세상 사람들이 모두 삶의 지혜가 요구됩니다.

삼사돈의 또 한 사람, 사사돈의 장영교 여사의 모습도 생각합니다.

덕소 친구 정은희

삼사돈의 향기

〈삼사돈〉의 향기에 취한 어우러짐이 내 분홍 바구니 속에 대롱대롱 꿴 아름다운 이야기 샘 속으로 또는 여울진 기억 속으로 달음질 치게 합니다. 아스라이 떠오르는 추억의 그리움들이 나의 이야기로 변하여 가슴속에 꽉 들어찬 그리웁고 또 그리움으로, 보고픔으로 내 어머니, 사돈들의 지표 속의 삶의 무게가 장 권사님의 〈삼사돈〉의 아름다운 엮임이 눈을 지긋이 감고 많은 것을 생각에 잠기게 합니다.

저 하늘 주님이 다듬어 놓으신 은하수 별밭 길을 따라 돌아돌아 내게로 온 네 딸의 네 사돈 이야기와 손녀, 손자의 먼 사돈과의 아름다운 만남의 이야기들이 차곡차곡 쌓여져 가기를 생각나게 하는 부러움이 가득한 글입니다. 김권사입니다.

덕소친구 김소정

내 친구 덕팔네가 수필집을 냈습니다

수준 높은 글과 그림, 두 가지 모두 저자의 작품으로 수필 쓰는 화가, 그림을 그리는 수필가로 덕팔네의 예술손길 높이 평가한다.

〈삼사돈〉은 언니의 시어머님이신 무안 박씨, 나의 시어머님이신 안동 권씨, 친정 어머니이신 한산 이씨, 이 세 분의 사돈 이야기는 우리나라 유교의 자존심인 안동을 본향으로 하지 않고는 이런 글을 쓸 수도 없고 읽어도 이해 조차 어려울 것 같은 이 수준 높은 글은 옛것들이 많이 퇴색되어 가는 지금 그 시대 양반가 여인들의 생활과 의식의 가치관을 잘도 표현했다.

책의 첫장에 부부의 편안하고 행복한 평소의 모습을 담은 것도 인상적이다.

〈첫눈의 소회〉와 〈우리의 만남은 우연이 아니야〉는 교사로서만 가져 볼 수 있는 특별한 아름다운 인간 관계를 읽으면서 그때 그 시절의 토막토막 추억을 나도 떠올려 봅니다.

〈청바지의 멋쟁이〉〈조약돌의 추억〉은 남편과의 믿음과 사랑과 이해, 또 생사의 갈림길에서 애간장 녹아지는 초조와 불안, 그 속에서 신비한 희망의 약속을 얻은 이야기 〈조약돌의 추억〉은 지금에는 눈물 겹도록 아름다운 추억이니 얼마나 다행한 일인고.

〈꽃잎 날리기〉〈오바마 할머니〉는 국내와 외국에 있는 여섯 명의 손자 손녀들을 사랑하고, 그리워하고, 격려하는 글로 한 달에 한 번씩 엽서를 띄운다. 벌써 여러 해 동안 꽃잎을 날리듯...

얼마나 아름답고 멋진 할머니로 기억될까.

훌륭한 할머니의 사랑으로 미국에서 손자 손녀들이 오바마 상을 타서 가문의 기쁨이요, 할아버지 할머니의 자랑으로 하버드 대학까지 보낼 기대로 행복해 하고 있습니다.

『질마재에 부는 바람』은 먼저 간 사랑하는 두 동생들을 생각하면서 봄이나 가을, 철이 바뀔 때마다 몸살을 앓듯 그리워 애달파 하더니만 책을 내면서 첫머리에는 부모님께, 끝 마무리는 동생에게 바치는 글로, 효도와 우정으로 예의 바른 양반스러운 품격을 느낀다.

우리는 친한 친구로 참 많은 시간을 같이 지내면서 사연과 사건들을 같이 공유한 것들로 추억도 많건만 나는 항상 영양가 없는 수다로 공중 분해해 버렸지만 내 친구는 작가가 되어 구슬을 꿰듯 귀한 보석으로 남겨 놓았으니 얼마나 대단하고 자랑스러운지.

축하합니다

친구 변구순이가

영교, 자네 보시게

편지도 써본지 까마득하구나. 언제부턴가 우리 주변에서 편지가 사라졌다. 우리 비록 짧은 삶을 살고 있지만, 이렇게 편지가 전화로 진화하고 그 전화는 다시 소위 SNS라고 하는 메시지로 진화하는, 진화가 진화로 거듭되는 엄청난 변화 속의 압축된 삶을 살고 있다는 거 알지?

편지란 일방적 대화 형식이 아닌가? 여기서는 그 형식을 안 따르기로 했네. 그래서 한 여름 수풀 우거진 그늘 틈새에 앉아 어디로 뛸지 모르는 메뚜기처럼, 아니면 발 아래 가득 뒹군 낙엽을 밟고 쳐다본 유유한 구름처럼 말이야, 그리고 비싼 커피 값이 억울해 한 잔을 두 잔으로 나누고 씩 웃으며 입술에 색칠하는 그런 이야기들처럼…….

나는 중학교 때 우연히 프랑스의 레미 드 구르몽의 시詩인지, 수필인지를 읽고, 너무도 감동하여 나도 꼭 수필을 쓸 거라고 생각했지.

> 시몬, 너는 좋으냐 낙엽 밟는 소리가.
> 가까이 오라, 우리도 언젠가는 낙엽이리니
> 가까이 오라, 밤이 오고 바람이 불고 있다
> 시몬, 너는 좋으냐 낙엽 밟는 소리가...

"시몬"이라는 그 이름이 왜 그리도 정겹고 은은했는지, 불러보기도 하고 써 보기도 했지. 우리도 언젠가는 낙엽이 된다는 말에 어린 가슴이 철렁 내려앉는 충동을 받아, 그 후로 나는 수필집을 즐겨 읽었고 또 모으기도 하고, 그리고 언젠가는 나도 수필을 쓸 거라고 생각했지. 하지만 그동안 선생 노릇을 하다 보니 이런저런 글이야 더러 걸쩍거리기도 했지만 막상 그 좋아했던 수필이라는 것을 써 본 적은 한 번도 없으니, 어째 쫌 부끄럽네.

그런데 자넨 글을 언제부터 썼길레, 글 솜씨가 그리 좋은가? 좋은 것도 보통 좋은 것이 아니라 가히 직업 선수 수준이니 참으로 놀랍고도 부럽네. 사실은 자네가 수필가로 문단에 등단했다는 소문이야 듣기는 들었지만, 그것이 문제가 아니라 우리 안동사범 제8회 졸업 기념집 『半世紀』에 실은 자네 글이 발단이라면 발단이라네.

여자 동창생 하나하나를 꽃으로 비유해, 친구의 특성을 회화적으로 그린 그 발상도 놀라운 일이지만, 꽃에 대한 자네의 관찰력, 상상력, 그리고 해박한 지식은 관찰과 패턴과 사고를 생명으로 하는 수학을 전공한 나의 수학적 관찰력을 부끄럽게 하니, 어찌 감탄하지 않을 수 있겠는가 이 사람아!

자넨 동창생 아무개를 들판에 지천으로 깔린 하찮은 냉이꽃으로 비유해, "방금 커트한 것처럼 정돈된 노란 꽃잎 하나하나 정교한 씨방에는 소중한 추억이 가득가득 엉글고, … "라고 정겹게 노래하지 않았겠나?

냉이꽃 하나를 보고 "커트"니 "정돈"이니 "추억"이니 하는 것들을 주절거리는 자네의 비유나 표현력 또한 하늘을 찌르지만, 이어서 "너무나 신선해 국 끓이면 달콤한 그 맛"이라고 했으니, 냉이가 겪어야 할 긴 고통의 사후 여정까지도 그리움으로 그리고 있으니, … , 자네란 도대체 거역할 수 없는 시간의 흐름까지 볼 수 있는 신통한 역술인인가? 아니면 기상 예보가라도 되는가? 대답 좀 해보게.

자넨 자네를 "도둑놈의 갈고리" 꽃으로 비유했다. 도둑놈의 갈고리라고? "산책길 등산길 만나기만 하면, 하다못해 바짓가랑이라도 물고 늘어지는 솜씨, 쓰리꾼 못잖다"고 했다.

맞아, 풀잎을 차면서 산길을 걷다 보면, 바짓가랑이에 덕지덕지 붙어 아무리 발길질하고 흔들어도 떨어지지 않는 그놈! 그놈의 이름이 도둑놈의 갈고리라고? 게다가 "얼마나 외로웠으면, 얼마나 그리웠으면 그토록 매달려 애원했을까"라고 끝을 맺었지. 그래! 발길로 차도차도 떨어지지 않으니 그 모습 매달리는 애원으로 본 것은 그렇다 하고, 그것을 또 어찌 쓰리꾼에 비유하는가?

나는 말이야, 그걸 마치 코피를 철철 흘리면서도 주먹에 침 칠해 가며 끝까지 따라 붙는 동네 싸움꾼으로 봤지. 그런데 말이야. 그 도둑놈의 갈고리가 또 하나 더 있어. 뭔지 아는가? 가랑비 내리는 늦가을의 산길, 걷다가 보면 종아리에 찰싹 달라붙는 비에 젖은 나뭇잎. 아무리 발길질을 해도 떨어지지 않는 그놈, 그놈도 분명 도둑놈의 갈구리라고 해야겠지?

자네라는 사람은 보기에는 그저 두리뭉숭한 형편에, 그 번뜩이는 비유의 지혜와 상상력, 관찰의 예리함은 도대체 어디에서 나오는가? 그거야 어디 꽃에만 그렇겠나? 궁금해서 그저 물어보고 싶네.

나는 평생 수학 선생을 한 사람 아닌가?

수학에서는 말이야, 갑이라고 하는 새로운 미지의 사실에 대한 이해를 위해, 이미 잘 알고 있는 같은 모형의 을이라는 사실을 통해 이해시키는 방법을 유비추리類比推理라고 한다네. 이를테면, 삼각형의 성질을 통해 삼각뿔의 성질을 알게 하는 방법 말일세. 이런 점에서 보면 문학과 수학은 같은 사고 방법을 쓰고 있음이 틀림없다네. 그래서 자네와 내가 나누는 이야기는 술술 잘 풀릴 것 같아. 그래서 그런지 자네와 이야기하면 참으로 편안해. 이건 칭찬도 아니고 있는 그대로 말하는 것뿐이니 겸손하기 바라네.

수학 이야기 좀 더 할까? 골치 아파? 조금 참아 보게.

수학에는 공간 개념이라는 것이 있다네. 흔히 초등학생들에게 쌓기 나무를 보이고 나무토막이 모두 몇 개인지를 알아내는 공부를 하는데, 그건 해서 뭐하는지 자네는 아는가?

긴 말 생략하고, 그건 보이지 않는 부분을 단지 눈이 아니라 생각만으로 알아내는 사고력을 육성하는 것이 그 과제의 학습 목표라네.

"보이지 않는 부분을 본다?"

아니 보이지 않은 부분을 어떻게 본다는 말인가? 물리적으로도 모순이며 논리적으로도 말이 안 된다. 어불성설語不成說이다.

그건 간단하다. 바로 심안心眼이다. 즉 마음의 눈이다. 사람의 형상에는 없는 마음속에 있는 눈 말이다. 바로 그 눈 심안心眼으로는 육안肉眼이 못 보는 뒷면이나 아래면, 나아가서 속까지도 다 볼 수 있다는 말이다. 그 뿐인가? 심지어는 뒤집거나 엎어보지 않고도 뒤집히거나 엎어진 모양을, 해체하지 않고도 풀어헤친 모양까지 다

볼 수 있으니 심안의 능력이란 이루 말할 수 없이 커, 그야말로 전지전능이라 해도 결코 과언이 아니지.

지천에 깔린 그 흔하고 흔한 냉이꽃! 도둑놈의 갈고리! 그 꽃들을 우린 겨우 육안으로 볼 때, 자네라는 사람은 분명 심안으로 보았어. 그것이 범인들과 당신이 다른 차이점이지. 그래서 그런지 시인들이 쓴 시를 보면 난 도무지 무슨 말인지 알 수가 없을 때가 많아. 마음으로 보고 쓴 시인이 글을 육안으로 보지니 어찌 알 수 있겠는가? 그렇지만 문제가 없는 건 아니야. 마음으로 보되 그 비유가 적절하지 못하면, 즉 모형이 다르면 아무리 마음으로 보아도 보이지 않지. 비유가 적절하지 않은, 즉 묘한 언어적 단어들만의 나열에서는 마음의 눈도 소용이 없어. 안 그런가?

말 나온 김에 좀 더 해보자.

헬렌 켈러 여사가 3중 장애자라는 걸 자네도 알지? 그는 볼 수도, 들을 수도, 말 할 수도 없는 사람이 아닌가? 하지만 그는 멀쩡한 우리처럼 모든 것을 보고 듣고 말하곤 했는데, 그게 바로 심안이고, 심이心耳고, 심구心口 때문이 아니겠나? 그래서 작곡가들은 눈으로 듣고, 귀로 보는 능력이 우리보다 뛰어나다고 하지. 모두 직관과 상상력이지.

아인슈타인은 그의 위대한 상대성 이론을 직관에 의해 발견했는데 그 배경의 힘은 놀랍게도 음악이었다고 하는 사실을 아는가? 즉, 그의 위대한 지각의 결과물이 어려운 고차원의 물리학 이론이 아니라 바로 피아노와 주고받은 감성적 마음의 대화에서 나왔다고 하니 상상력이 얼마나 위대한가를 알만 하지 않은가? 그런 면에서 자네는 밝은 심안을 가졌다고 할까, 시각적 상상력이 풍부하다고나 할까?

자네 수필집 『길마재에 부는 바람』에 실은 〈삼사돈三査頓〉.

어찌 그리도 내 마음을 흔드는가? 언니의 시어머니, 자네의 시어머니, 그리고 친정어머님, 세 사람의 양반가 사돈들이 정겹게 지내는 실화는, 잔잔한 감동을 주는 한 편의 다큐멘터리 영화라, 내가 만약 영화감독이라면 한 번 메가폰을 잡아보고 싶을 정도로 말이야. 자네 글도 글이지만 그 애잔한 글 속에 나는 근엄하셨던 내 선고先考의 모습이 떠올라 잔잔한 눈물을 마셨다네. 이게 내가 하고 싶은 이야기야.

사돈이란 불가근불가원不可近不可遠이라 했던가, 참으로 묘한 인연으로서 절대로 피할 수 없는 운명적 관계가 아니겠나? 너무 가까워도 너무 멀어도 안 된다는 것은 물리적이 아니라, 사실은 심리적인 말이지. 만나면 껄끄러워도 미끄러워야 하며, 당당하지만 조심스러워야 하며, 유감스러워도 칭찬해야 하며, 못마땅해도 부처 같아야 하지만, 가문을 위해서는 끝까지 자존심을 지켜야 하는 그런 묘하고도 묘한 관계가 사돈 관계지. 맞지? 자네도 사돈이 있지 않은가.

그런 묘한 관계를 자네는 어찌 그리도 내 마음처럼 잘 그렸는가?

나는 어릴 적부터 사랑방에서 아버지와 아버지의 사돈, 그러니까 누님의 시어른이시니까 내게는 사장어른, 이 두 분이 만나서 나누는 이야기들을 미닫이 하나로 구분된 방에서 밤이 늦도록 들으면서 자랐다네. 자네의 주인공은 안사돈들인데 비하여 나는 바깥사돈들이라는 것만 다를 뿐, 독특한 씨족문화라는 점에서는 같은 무대가 아니겠나? 60년 전의 무대! 하지만 세월은 우리의 마음속에 남아있는 그 무대를 아직도 철거하지 못하고 있지.

제일 처음은 으레 인사말이 오가지? 그 인사말은 듣다가 보면 진심이기도 하고 어쩌면 허세이기도 하지. 여하간 그 인사말은 식구들을 일일이 찾아 그 근황을 조목조목 물으면서 지루하도록 이어진다네. 마재 가제분이 지난번에 많이 다쳤다는 빌을 들있는데 시금은 어떠냐는 것을 시작으로 하여, 출가한 여동생에 대한 안부는 물론, 그 여동생이 만들어왔다는 집장 맛에 대한 침이 마르는 찬사 등, 그 여동생의 시어른의 안부까지, 시돈의 사돈까지도 인사 무대에 올려야만 하니 인사말은 말이 인사말이지, 몇 시간이 지나야만 끝난다네.

가히 범인류적 인간애라 할까? 더불어 살아가는 씨족사회에 뿌리를 두고 자란 한국인들의 관계주의적이고 집단주의적 온정의 사상이 밤을 새면서 익어가니, 짧은 밤이 이를 담느라 무척 바쁘다네.

밤 10시쯤 되면 나는 어머니께서 정성스럽게 차린 야참을 들고, 부엌에서 마당을 가로 질러 조심스러운 동동 걸음으로 사장어른께 공손히 상을 올린다네. 물론 각 상이지. 사장어른 한 상, 아버지가 한 상, 따로따로 아니겠나? 자네 집에서도 마찬가지였을 거야. 그때마다 내게 절절이 쏟아지는 미사여구가 끝이 없다가, 결국 마지막엔 분명히 큰 사람이 될 것이라는 결론으로 끝내고, 내겐 반갑게도 허리춤의 담배쌈지에 꼬깃꼬깃 숨겨둔 여러 겹으로 접힌 담배 냄새에 쩌든 하사금이 한 푼 전해진다네. 냄새가 문제인가 그땐 얼마나 좋았는지 … . 참으로 그립고 그립네.

내가 잠이 들 때면, 몇 대조 조상님들의 현창顯彰으로 꽃을 피우시다가 역사 속의 당파이야기에 이르면 격돌이 일어나 나는 잠을 설치기도 했다네. 완전 자존심 대결이지. 난 도무지 무슨 얘기인지 왜 그러는지도 모르고 말일세.

담배 냄새로 뒤섞인 두 사돈들의 체취와 더불어 살아가는 훈훈한 정으로 가득 찬 작은 공간, 큰 절을 올리면 언제나 머리를 쓰다듬어 주시던 그 인자한 말씀, "지금도 공부 잘 하지?" 흐뭇해 하시는 아버지의 근엄하신(?) 모습, 그게 바로 어제 같은 데 말이야 … .

이것이 바로 인간들의 무대가 아닌가? 그 무대엔 분명 여러 세대가 모두 올라가 있었지. 지금처럼 세대별 따로따로의 무대가 아니고 말이야. 그래서 사는 맛이 있었지. 아~! 너무도 그립고 그립도다. 산에 올라 소리라도 실컷 질러보고 싶다.

이제 세월이 흘러, 내가 그 나이가 되고 나도 사돈을 맺게 되었지만 우린 같은 무대에 설 수 없어. 그 섭섭함이 가슴을 메우니 더더욱 아버지가 그리워지네, 역시 아버지는 어디까지나 아버지야. 그지?

아버지를 그리워하는 마음이야 자네라고 왜 다르겠나, 그래서 아버지 이야기는 그만 하기로 하겠네. 다만 그토록 아름다운 씨족사회의 전통을 오늘에 온고이지신溫故而知新하지 못하는 가슴 쓰린 안타까움에, 자식들에게 부끄러울 뿐이네. 그건 자네도 마찬가지라고 믿네. 이건 그저 우리끼리 하는 하소연이라네.

자네의 친정어머니는 자네가 자랑(?)하듯 나와 같은 한산韓山 이문의 딸임에 틀림없지. 내가 중학생 때 자네 어머니께서 명륜동 골자기, 곧 넘어갈 듯한 나지막한 우리 집에 자주 오셔서, 아랫목에 길게 누우신 채로 "야야 복馥아, 우리 영교 잘 봐다고, 니가 잘 봐줘야 된 데이 … "라고 하셨지. 그땐 내가 소위 대의원이라고 껍숙거릴 때니, 요즈음 말로 하면 분명 무뇌물 유청탁이렀다? 그리고 자네와 나는 비록 성이 다르지만, 전혀 남이 아니라 그래도 얼마간의 피가 섞인 동종同宗이라는 의식을 내게 심어 주셨으니, 그 간곡하셨던 참 어머니의 모습에 새로운, 내 가슴에 뿌려진 끈적끈적한 인정이 애타도록 그립구나. 엄마 얘기하니 눈물 나지? 나도 그렇다네. 그게 바로 어제 같은데 말이야.

감성이란 사람이 태어나면서, 즉 배우지 않고도 저절로 가지는 본성이라고 했다. 그래서 공자의 손자 자사는 중용中庸에서 하늘이 명하는 것이 곧 성性이라 하고, 우린 하늘이 준 그 성性을 묵묵히 따르는 것, 그것이 곧 도道라고 했지 않은가?

도道라는 것은 길이다. 밥을 먹어도 밥을 먹는 길이 있으며, 웃어도 웃는 길이, 울어도 우는 길이, 성 내도 성 내는 길이 있다고 보네. 친구 사이에도 반드시 우의를 나누는 길이 있거늘, 자네는 그 길을 잘 아는 것 같애. 왜냐하면 자네를 싫어하는 사람이 별로 없는 것 같아서 말이야.

내 내권內眷이 일찍 세상을 뜨자 자네는 그렇게도 마음 아파했다. 내가 내권과의 지난 이야기를 할 때마다 당신은 "으~으~"하면서 안타까워했으며, 내가 8년 째 내권의 산소를 매주 다닌다는 말에도 자네는 "음~음~"하는 신음까지 하는 자네의 잔잔한 위로가 내 피부를 진동했다네.

나는 내권의 산소에 가면, 평소 그가 아끼던 잔에 좋아하던 커피를 담아 산소 앞에 놓고, 마주 앉아 주절주절 이야기를 한다네.

내권 이야기가 나오니 "Cast Away"라고 하는 영화가 문득 생각나네. 아마 미국 영화인 것 같고 "표류"라고 번역해야 하나, 여하간 로빈슨 크루소 같은 무인도에 표류하게 된 너무도 인간적인 순수한 이야기로서, 인간의 보편적인 삶의 모형을 무인도의 삶으로 압축 비유한 수준 높은(?) 이야기야.

우리의 삶도 바다에서 방향을 잃고 표류하는 무인도의 삶과 무엇이 다르겠나? 삶이란 사실은 바다에서 표류하는 삶만이 아니라, 삶 자체가 우리 앞에 놓인 수많은 갈림길에서 언제든 표류할 수 있는 거 아니겠어? 평범한 우리 인간들의 모습이야.

같은 종種이라는 것 외에는 같은 것이라곤 하나도 없는 두 사람이 만나 사랑한다는 계약만으로 살다가 보면 불평도 원망도 후회도 어찌 없겠나만, 그것이 아무리 크다 한들 그것이 어찌 하늘이 준 축복을 덮을 수 있겠는가? 그 축복이란 나의 의지와는 무관하게 하늘이 준 것이거늘, 어찌 감히 인간의 언어로 설명할 수 있겠는가?

하니, 부디 자네가 받은 축복을 관념적으로 규정하려 들지 말게나. 그건 자네가 태어나기 이전의 하늘의 일이니까 자네가 왈가왈부할 사항이 아니라네.

자넨 나를 두고, "한 가정도 지키지 못하는 사람이 박사는 무슨 박사야! 헛 박사야."라고 했지? 그래서 자넨 나를 허박虛博이라고 불렀지. 맞아! 나는 헛 박사야. 40년의 교수생활을 했지만, 학생들에게 큰 감화를 주지 못했으니 교육자로서 낙제며, 내 학맥을 잇는 제자 한 사람을 길러내지 못했으니 학자로서도 실패며, 내 그림자 하나를 끝까지 지키지도 못했으니 가장으로서도 낙오자라 해도 할 말이 없어. 그래서 나는 허박이라는 내 별명을 너무도 적절해 참으로 감사하고 있다네.

감정을 밖으로 잘 들어내지 않는 자네가 어찌 그리도 내게 딱 어울리는 별명을 단숨에 뽑이내있는지 참으로 놀비운 일이야. 자네는 좋아도 그만 싫어도 그만, 아는지 모르는지, 어쩌면 바보 어쩌면 도통한 사람, 그래서 좋게 보면 신중하고 나쁘게 보면 목석 아니면 느러터졌다고나 할까? 이건 사실상 내 말이 아니라 자네 친구들 말이니 나를 탓하지 말게. 말도 느릿느릿, 걸음걸이도 느릿느릿, 이래서 얻은 그럴듯한 트레이드마크야 -느려 터졌다! 동의하는가? 못 해도 할 수 없어.

중용中庸에서는 기쁨, 노여움, 슬픔이나 즐거움이 있지만 그것을 밖으로 나타내지 않는 것이 진정한 중中이라 했는데, 느려 터진 자네야 말로 가운데라네. 이것도 저것도 아닌 물리적 중간은 물론 수학적인 평균이 아니라 쉽사리 경거망동하게 겉으로 잘 나타내지 않으니 마치 호수같다고나 할까?

언뜻 쳐다보니 벽시계가 날을 바꾸어 새벽 4시를 건너가고 있네. 벌써 그렇게 되었나? 시간이란 인간이 이러고저러고 정의하지만, 사실 우주의 생성과 더불어 생긴 것이니, 그 이후에 생긴 인간이 어찌 인간의 언어로 시간을 감히 관념적으로 규정할 수 있겠는가? 시간은 그저 이름이지 개념은 아니야. 모든 세상사가 다 시간이란 줄에 주렁주렁 매달려 있지만, 80년 90년을 지나도 그건 추간판 탈출이나 척추 협착증도 생기지 않으니 시간이란 거역할 수 없는, 무어라고도 말할 수 없는 스스로 그러한 완벽의 대상임에는 틀림이 없네. 안 그런가?

하나, 시작이 있으면 으레 마침도 있어야 할 터, 그 마침은 다시 시작으로 이어질 것이니 시작과 마침은 그 이름이 서로 다를 뿐 그 근본은 하나라, 이 편지가 끝난다고 해서 다행히 우리의 이야기도 끝나는 것이 아님을 명심하기 바라네.

이젠 메뚜기도 보이지 않고, 발 아래의 낙엽도 바람으로 많이 흩어졌네. 언젠가 그 메뚜기도, 그 낙엽도 후손들로 이어져 세월을 몰고 다시 오겠지?

태양도 분명 시중時中이라 때를 기다리고 있다네.

달랑 마지막 한 장만 남은 2016년 12월 어느 날
동창생 광복이가 영교에게 보내네.

그 나무 아래 잠들어다오

2017년 4월 10일 1판 1쇄 발행

지은이 / 장영교
펴낸이 / 장채향
펴낸곳 / 초롱출판사
서울시 종로구 관훈동 146-2 계양빌딩 401호
전화 02)738-5791, 730-0235
팩스 02)722-8114
등록번호 제1-852호(1988. 12. 26)

값 12,000원
ISBN 978-89-85816- 58-8 03810